喵博士讲希腊神话

美杜莎之眼

何 敏 肖烨琦 何天与◎著

时代出版传媒股份有限公司
安徽少年儿童出版社

图书在版编目（CIP）数据

喵博士讲希腊神话. 美杜莎之眼 / 何敏，肖烨琦，何天与著. 一 合肥：安徽少年儿童出版社，2019.8（2022.1重印）

ISBN 978-7-5707-0495-8

Ⅰ.①喵… Ⅱ.①何… ②肖… ③何… Ⅲ.①神话－作品集－古希腊 Ⅳ.①I545.73

中国版本图书馆CIP数据核字（2019）第115081号

MIAOBOSHI JIANG XILA SHENHUA MEIDUSHA ZHI YAN

喵博士讲希腊神话·美杜莎之眼　　何　敏　肖烨琦　何天与　著

出 版 人：张　堃　　策划统筹：黄　馨　　责任编辑：张春艳

责任校对：郝雅琴　　责任印制：郭　玲　　绘　　图：刘　丽

装帧设计：侯　建

出版发行：时代出版传媒股份有限公司　http：//www.press-mart.com

安徽少年儿童出版社　　E-mail：ahse1984@163.com

新浪官方微博：http://weibo.com/ahsecbs

（安徽省合肥市翡翠路1118号出版传媒广场　　邮政编码：230071）

出版部电话：（0551）63533536（办公室）　63533533（传真）

（如发现印装质量问题，影响阅读，请与本社出版部联系调换）

印　　制：阳谷毕升印务有限公司

开　　本：635㎜×900㎜　　1/16　　印张：8.75　　字数：62千字

版　　次：2019年8月第1版　　2022年1月第3次印刷

ISBN　978-7-5707-0495-8　　定价：29.80元

目录

破坏森林的王子

有个国家的王子叫厄里西克同，他的父母非常宠爱他，他想要什么父母就给他什么，王子渐渐变成了一个霸王。有一次，他想建一家新餐厅，对工人说："我要建世界上最豪华的餐厅，建造所用的材料都要是最好的！"

工人们对王子这种奢侈的做法很反感，但又不敢反驳，只好点点头说："好的，王子，我们一定好好建。"

工人们热火朝天地建起餐厅来。一天，王子来到施工现场，一看到建餐厅的木材，就大发脾气："这是什么烂木头？！我建这个餐厅是用来收留乞丐的吗？把管事的叫过来！"

不一会儿，一个满身是灰的工头儿跑过来，鞠躬道：“对不起，王子！请问您哪里不满意？”

王子皱着眉头恶狠狠地说：“我哪里都不满意！你们是不是没见过好东西？我要建的是最豪华的餐厅，你们就拿这些烂木头来糊弄我？”

工头儿说：“王子，这已经是我们国家最好的木头了，普通老百姓都买不起这样的木头。”

王子两眼一瞪，说：“胡说八道！你以为我是傻子？你们到墨成耳森林去砍木头。”

一听这话，工人们都摇头反对，一个工人说：“王子，墨成耳森林是我们国家最美最好的一片森林，您真的要去那儿砍树吗？”

“我不管，只有墨成耳森林里的树木才配得上我的餐厅。”王子固执地说道。

又有一个工人鼓起勇气说：“可是那片森林是献给神的，还有山林仙女住在那儿呢。如果去那里砍树，恐怕会对神不敬，要受到惩罚。”

王子不以为意地说：“那又怎么样？我想要的东西就一定要得到。”

工人们还想说什么，但旁边的侍卫已经拔剑了，大有他们不去就立刻动手的意思。

工人们只好扛起工具向墨成耳森林走去。到了墨成耳森林，他们震撼于这里的美，怎么也下不去手，就都没有砍树。

过了一个星期，王子骑着马带着人来了。他看到这些工人一棵树都没砍，大发雷霆，举起鞭子在空中狠狠一甩。鞭子划破长空，发出刺耳的声音。王子厉声说：“你们这些偷懒的家伙，我是雇你们来游玩的吗？一星期连一棵树都没砍，我看你们是不想要命了！”

一名工人忧心忡忡地说：“王子！我们是真的不忍心啊，您看这片森林多么美，里面还有各种各样的动物，那是它们的家啊。多少年才能长成一片这样美丽的森林，一下子砍光了可怎么办啊！”

王子冷漠地说：“这与我有什么关系？我要建的最

豪华最气派的餐厅，就要用这片森林的木头！你砍不砍？不砍我就杀了你！”

一旁的侍卫拿刀架在这个工人脖子上，工人吓得直哆嗦，只好拿起斧头砍树，可是一斧头下去，被砍的树木上竟然流出了鲜红的血。这个工人吓得朝王子跪下，说：“王子啊，树木流血了，这不是普通的树啊。我们不是在砍树，而是在杀生啊。我们会得罪天神的！”

王子看到树木流出的鲜血，惊讶之余兴奋地说：“哈哈哈，果然不是凡树，只有这些树才配得上我的餐厅，快砍快砍！”侍卫们又拿起刀逼工人们砍伐，没办法，工人们只能朝树一斧头一斧头地砍下去。

山林里的仙女们听到了大树的呜咽，跑来一看，才发现树一大片一大片地倒下了！仙女们急忙呼喊农业女神德墨忒耳，德墨忒耳匆忙赶来，仙女们冲过去哭诉道：“女神，女神，快救救这些树木吧！他们都快把森林里的树砍光了。”

德墨忒耳了解了事情的经过后，愤怒地说：“让我来会一会这位目中无人的王子。”她摇身一变，变成一个凡人来到伐木现场。她看到工人们正苦着脸在砍树，王子则舒舒服服地坐在后面喝着茶、吃着点心，还让旁边的侍女给他扇风，好不惬意。

女神大喊一声：“停下你们罪恶的手！”工人们立刻放下斧子，停止砍伐。王子跳起来说：“是谁？哪个不知死活的敢来坏我的好事？给我出来！”

女神朝王子走去，厉声说道：“是谁给你权力在这里砍树的？你难道不知道这片森林是献给神的吗？”

王子高傲地说：“是强者的权力。你能打得过我的侍卫吗？如果你想死，就尽管来阻止我。”

女神的神情变得柔和起来，好言规劝道：“王子啊，我是打不过你的侍卫，但我想请你放过这些树，它们都流血了，就放过它们吧。”

王子冷漠地说：“流点血算什么？我要建造这世界上最豪华的餐厅，就一定要用这片森林里的树！”他双眼一瞪，朝工人们恶狠狠地喊道：“还愣着干什么？你们这些懒家伙，快，继续砍！”失望的工人们只好拿起斧头继续砍树。

女神愤怒地看着这个无药可救的王子，说道：“好啊，你去建你的新餐厅，好好地吃，多多地吃，我倒要看看吃到最后你会落得个什么下场。”说完，她倏地一下就不见了。

德墨忒耳回到森林深处，找到了仙女们。她对一位仙女说：“你去把饥饿神找来，让他把饥饿缠在王子身上。”仙女立刻执行命令，找来饥饿神。当夜晚来临，王子呼呼大睡的时候，饥饿神神不知鬼不觉地进入了他的身体。

王子一觉醒来，觉得自己饿得快要晕过去了，大喊道：“饿死了，快给我来一头烤乳猪。”王子狼吞虎咽地吃完后，又大喊道：“不够不够，再给我一只烤全羊！”接下来，王子又吃了一头牛和一大堆菜，可他还是感到很饿。

就这样，他从早到晚不停地进食，很快变成了一个大胖子，家里的财产也被他挥霍得差不多了。后来，家里一点钱都没有了，他就把仆人和兄弟姐妹都卖给别人当奴隶。这些钱也没能支撑多久，最后，他只能饿着肚子躺在草席上等死。这就是这个贪婪霸道的王子的最终结局。

这个王子真是又可恨又可怜，他霸道、蛮横地破坏了大自然，也害了自己。

写故事的魔法棒

让故事里的人自己多说话

在《破坏森林的王子》这篇故事里，贪婪、残暴的王子最终受到了应有的惩罚：他被永恒的饥饿感缠身，花光了所有的钱来买吃的，最后，他还是饿死在了自己的家里。

那么，请仔细回想一下，你为什么觉得这个王子贪婪又残暴呢？是不是故事中的一些文字让你发现了王子的秘密？今天，喵博士就要告诉大家一个新的讲故事小魔法。你如果学会在写故事时使用这个新魔法，那么，听故事的人就像走进了你的故事中！这个新魔法是：让故事里的人自己多说话！

你有没有发现，在《破坏森林的王子》这篇故事里，王子不停地在说话。

例如，在工人们刚刚开始建造餐厅时，王子对他们使用的木材很不满意，于是大发脾气："这是什么烂木头？我建这个餐厅是用来收留乞丐的吗？把管事的叫过来！"大家看到王子说的话，会不会感觉好像看到王子叉着腰、喷着唾沫星子在骂人？

接下来，我们一起来做个小游戏，改一改故事原来的写法，看看会不会有不一样的效果。这次，我们不直接把王子的话写出来，而是试着间接地转达他说的内容。请仔细看哟，我们准备这样改："王子很生气，大发脾气，他说这些都是烂木头，并让工人把管事的人叫过来。"

听了这段话，你会不会觉得，脑子里王子的形象好像没有那么鲜明了？是不是也不能直接感受到王子那高高在上、盛气凌人的气势了？这样讲故事，生动的程度就降低了一大半。

所以，你现在知道新魔法的作用了吧？如果想让人物描写更加生动、形象，可以让故事里的人自己开口多说话，而不要老是去转述他的话。这样一来，故事往往会变得更加有趣！

小朋友，请再仔细想想，在这个故事里，还有哪些地方使用了这个魔法？

故事里，女神曾说了一句话：“好啊，你去建你的新餐厅，好好地吃，多多地吃，我倒要看看吃到最后你会落得个什么下场。”

看，这里的“好好地吃”“多多地吃”是不是把女神的愤怒都写出来了？如果不把这些内容直接写出来，换成其他人转述，女神气愤的情绪就表达不出来了，看故事的人也会觉得少了好多乐趣！

在故事的后半部分，王子被“饥饿”缠上以后，大喊道：“饿死了，快给我来一头烤乳猪！”吃完了烤乳猪，王子还是停不下来，又大喊道：“不够不够，再给我来一只烤全羊！”从这些话里，我们是不是好像看到王子那可笑又可怜的样子了呢？

读者互动

亲爱的小朋友，你如果也有很多有意思的对话想讲给大家听，欢迎通过微信公众号“喵博士听听”给我们留言，我们会从中挑选出一些特别有意思的，分享给其他小朋友看哟！

忒拜城的建立

小朋友，你还记得《欧洲名字的由来》这个故事吗？欧罗巴被宙斯变成的公牛带走后，她的家人着急地到处寻找，可怎么也打听不到欧罗巴的消息。父亲让欧罗巴的兄弟们去各地寻找，并且说："如果找不到欧罗巴，你们也不要回来了！"

欧罗巴的弟弟卡德摩斯虽然聪明又勇敢，但宙斯刻意隐藏了欧罗巴的踪迹，所以他找遍了天涯海角也没有找到姐姐。"唉，这可怎么办？我怎样才能找到可怜的姐姐啊？"他发愁地想着，看到此地离特尔斐这地方的阿波罗神庙不远，他决定去那里碰碰运气。

来到神庙，卡德摩斯虔诚地跪在太阳神阿波罗的神像前祷告：“伟大的太阳神啊，请告诉我，我姐姐欧罗巴在哪里？她莫名其妙地失踪了，家里人急得都要发疯了。求求您告诉我吧！”

太阳神听到祈祷，眼珠一转，就知道欧罗巴在哪里了，可这是天王宙斯的秘密，他不能告诉卡德摩斯。但眼前的卡德摩斯实在可怜，太阳神忍不住给了他暗示：“你的姐姐是被命运带走了，不过你不用担心，她享受了无上的荣耀。”

卡德摩斯一看太阳神知道，就连忙恳求：“太阳神啊，求求您告诉我她的下落吧，如果找不到她，我永远也不能回家，请可怜可怜我吧。”

阿波罗用神眼看了看遥远的欧罗巴的故乡，看到她父母的忧伤和深深的思念，便对卡德摩斯说：“给你的父母捎个信吧，告诉他们不用担心，你姐姐过得很好。你虽然因为姐姐回不了故乡，但你会得到补偿的。一会儿出了神庙，你会看到一头神奇的母牛，它在哪儿停下，你就在哪儿停下，你可以在那里建造一座属于自己的新城。”

“可是……”卡德摩斯还想说什么，但阿波罗已经消失了。没办法，卡德摩斯只好稀里糊涂地往神庙外走去。

出了神庙，没想到，他真的看到了一头母牛！卡德摩斯带着侍卫，跟着母牛走啊走，走了很久。突然，母牛停了下来，朝天空哞哞叫了几声，接着转头看了看卡德摩斯一行，就好像在跟他们说话。没等卡德摩斯回过神来，母牛就在草地上躺了下来。

卡德摩斯明白了，这就是母牛要带他来的地方。他跪下亲吻大地，兴奋地说：“感谢神！这里就是我卡德摩斯的新城了！”他激动地转过身对侍卫们说：“你们去取些干净的山泉水，我要祭拜天神，表达我的谢意。”

侍卫们去附近一片古老的森林取水。森林里到处阴森森的，令人不寒而栗。侍卫们好不容易找到了一泓山泉，他们刚准备打水，突然，从山泉附近的山洞里飞出一条凶恶的龙，它的眼睛向外喷射着火焰，口中发出可怕的声响。侍卫们吓得摔碎了水罐，惊慌地挤作一团。恶龙向他们扑来，很快，侍卫们全都倒下，再也醒不过来了。

卡德摩斯等啊等，等了大半天，也不见侍卫们回来。“他们去打水，怎么这么久还不回来啊？不会是出什么事了吧？”卡德摩斯连忙拿起武器，沿着侍卫们留下的脚印，走进了森林。当他走到泉水边时，被眼前的一幕惊呆了。那些侍卫全都倒在地上一动不动，他们已经被恶龙杀死了。

卡德摩斯痛苦地大吼一声，红着眼睛举起一块巨大的石头朝恶龙砸去。可恶龙身上有坚硬无比的鳞甲，石头砸在身上对它来说就是挠痒痒。恶龙见有人袭击它，“腾”地一下转过身，朝卡德摩斯扑来。

聪明的卡德摩斯很快就发现了恶龙的弱点——恶龙的腹部没有鳞甲。于是，卡德摩斯立刻举起手里的长矛刺向恶龙的腹部。恶龙受伤后被激怒了，咆哮着朝卡德摩斯扑来。

说时迟，那时快，卡德摩斯举起长矛刺入恶龙张开

的血盆大口中。哪知恶龙咬住长矛不松口，卡德摩斯只得拼命顶住长矛。僵持了好一会儿，恶龙咬住长矛的牙齿一颗颗地从口中脱落下来，脖子也开始流血，它看起来很痛苦。但它的伤势似乎不算太严重，还可以左躲右闪，卡德摩斯一时杀不了它。就这样，双方又缠斗了好半天。

最后，卡德摩斯找准时机，抽出宝剑，一剑刺向恶龙，正好刺穿了恶龙的脖子，并把它钉在了大树上。

就这样，勇猛的卡德摩斯杀死了恶龙。但他再也唤不醒那些牺牲了的侍卫。他一边痛哭，一边埋葬同伴。就在这时，智慧女神雅典娜翩然降临了。她鼓励卡德摩斯说：“振作起来吧，你还没有完成神的使命，不要让你的兄弟们白白牺牲。”

卡德摩斯心灰意冷地说：“我的同伴们都死了。难道凭我一个人可以建造一座新城吗？”

雅典娜继续说道：“男子汉大丈夫顶天立地，就算死也要死得光荣。你的兄弟们为了你战斗而死，难道你就这样垂头丧气地来回报他们吗？”

卡德摩斯将拳头狠狠地砸向地面，顿时手上鲜血直流。他咬着牙说：“对！兄弟们，为了你们，就算死，我也要把这座城建起来。”

雅典娜赞许地说：“好！这才是英雄所为。我会帮助你的。听我说，你把恶龙的牙齿埋到松软的土地里，那里自然会长出你未来的子民。”说完，雅典娜就不见了。

卡德摩斯虽然感到一阵茫然，但还是按照雅典娜所说的，捡起恶龙的牙齿，然后在地上挖开了一条沟，把这些牙齿一颗颗埋了进去。

没多久，大地突然开始震动，一个手举兵器、全副武装的士兵从土地里冒了出来。还没等卡德摩斯回过神来，一个又一个的士兵接二连三地从土地里冒了出来，足足有一整支队伍。卡德摩斯吓了一大跳，他试探性地向队伍里投了一块石头，没想到，这些战士竟然立刻举着武器互相厮杀，乒乒乓乓地打个不停。一个又一个士兵倒了下去，到最后只剩下五个人了。

卡德摩斯不知如何是好，这时候，智慧女神雅典娜又出现了。她对着互相厮杀的战士们喊道："好了，不要再打了！你们是在决斗中胜出的最强大的五个人。从现在起，你们的使命是和卡德摩斯一起建造一座新城。"五位战士齐声说："是！"雅典娜点点头，就飞回了神山。

就这样，卡德摩斯带着五位战士，齐心协力在这片土地上建起了一座新城，他们把这里叫作忒拜城。宙斯还让爱神阿佛洛狄忒把女儿嫁给了卡德摩斯，他们生儿育女，家族渐渐兴旺起来，还吸引了很多外地人前来定居，就这样，忒拜城渐渐繁荣强大了起来。

写故事的魔法棒

怎样打好一场架

小朋友，读了《忒拜城的建立》，主人公卡德摩斯和恶龙打架的场面，是不是让你印象深刻、觉得非常精彩啊？你有没有觉得读起来特别带劲？这是怎么做到的呢？现在，喵博士要再给你讲一个写故事的小魔法，那就是：怎样打好一场架。

嘿嘿，大家别激动，喵博士可不是要拉你出来一起打群架啊！喵博士是想告诉你，如果你自己讲故事，怎样让你的主人公打好一场架。

让我们回到这个故事里，去看看卡德摩斯和恶龙是怎样打架的吧。卡德摩斯回到树林里去寻找侍卫们的时候，发现侍卫们都被凶狠的恶龙杀死了。痛苦而愤怒的卡德摩斯与恶龙展开了一场大战！

那么，他是怎样把恶龙打倒的？故事里哪些地方让你觉得很精彩？今天小魔法的第一个秘诀就是动作描写，先来看看卡德摩斯做了哪些动作。

他先是大吼了一声，紧接着，举起一块巨大的石头朝恶龙砸去。被砸到的恶龙当然是转过身来了，随后，卡德摩斯又举起长矛刺向恶龙，用手顶住长矛。在战斗的最后，他抽出宝剑，一剑刺向恶龙。

读完了这些关于战斗场面的描写，我们来总结一下，卡德摩斯和恶龙打架时，其实就做了这些动作：吼、砸、举、顶、抽、刺。总结起来，你会不会发现，打架的动作也没那么复杂？要是换你来写，肯定能写出更多精彩的动作。

有了这些动作描写，卡德摩斯英勇的样子仿佛真的出现在大家眼前了！不过，要讲好和恶龙打架的事，只讲主人公卡德摩斯是肯定不行的！不然，就算是卡德摩斯的动作再精彩，也好像是在和空气打架，或者是在和一条瞌睡龙打架！

所以，今天我们小魔法的第二个秘诀就是：要把战斗双方的攻击与防守，来来回回地写上几个回合。喵博士数了数卡德摩斯和恶龙的战斗，居然有四个回合！其中一个回合算是平局，另外三个回合中，都是卡德摩斯占了优势，所以最终他打败了恶龙！你是不是在想：“咦？是哪四个回合？”我们一起来看看吧。

首先，卡德摩斯用石头砸了恶龙，恶龙转过身来。因为这一回合恶龙没能出击，所以卡德摩斯在这一回合中占了上风！

随后，因为卡德摩斯发现恶龙腹部没有鳞甲，于是他用长矛向其腹部刺了过去！恶龙被激怒了，朝卡德摩斯扑来！这是我们的第二个回合，这个回合还是卡德摩斯占了上风！

第三个回合可是相当精彩！卡德摩斯把长矛刺向恶龙的血盆大口，谁知它居然咬住了长矛，双方僵持了好久。这是唯一的一次平局！

第四个回合是打斗决胜的关键，勇敢的卡德摩斯抽出宝剑，看准时机刺穿了恶龙的脖子，并取得了最终的胜利！

这样一来，战斗中的四个回合是不是很清晰了？原来卡德摩斯打的不是一条瞌睡龙啊！双方有攻击，有防守，故事就变得更好看啦。

其实啊，在我们中国的故事里，也有很多精彩的打斗故事。比如说，四大名著里的《水浒传》，这部著作讲的是中国古代人民反抗压迫、英勇斗争的传奇故事。里面有许多英雄和坏人打架的场面都精彩无比，今天我们给大家分享的是鲁提辖拳打镇关西。

鲁提辖是个有勇有谋的英雄，而镇关西是个杀猪卖肉的屠户，也叫郑屠。郑屠横行霸道，欺负金翠莲父女，做尽了坏事。鲁提辖爱打抱不平，替金翠莲父女教训郑屠，所以二人就打了一架。

鲁提辖先是对郑屠提要求，让他切各种肉，故意刁难他，还把肉砸到郑屠身上，挑起事端，气得郑屠主动拔刀跟他打架。故事里说：

> 郑屠大怒，从肉案上抢了一把剔骨尖刀，托地跳将下来……郑屠右手拿刀，左手便来要揪鲁达，被这鲁提辖就势按住左手，赶将入去，望小腹上只一脚，腾地踢倒在当街上，鲁达再入一步，踏住胸脯，提着那醋钵儿大小拳头，看着这郑屠道：'……你这狗一般的人，也配叫作镇关西！你如何强骗了金翠莲？''噗'的只一拳，正打在鼻子上，打得鲜血迸流，鼻子歪在半边，却便似开了个油酱铺，咸的、酸的、辣的，一发都滚出来。

鲁提辖一边质问郑屠，一边对着他左一拳、右一拳，一会儿打鼻子、一会儿打眼睛，把这个坏人打得狼狈不堪。在打架的过程中，郑屠也有不同的表现，他先是主动拿刀来拼，接着不敌鲁提辖，被踢倒在地，奋力挣扎。挣扎不起来，他竟然气得乱叫“打得好”。接着，被打得受不了，他又连连讨饶。

喵博士再总结一下今天的小魔法：要让故事里的人打好一场架，先想想他们会做哪些动作、说哪些话、有哪些反应，然后再讲讲双方你来我往地大战了几个回合。跌宕起伏的故事更有吸引力哟！

赫拉造反

我们平时讲到天王宙斯和天后赫拉，你是不是觉得他们特别威风啊？但其实这一对天王天后，也是吵吵闹闹的冤家。

宙斯自从成为众神之王以后，就拥有了天地间最高的权力。要是有神敢反对宙斯做出的决定，他一个霹雳打出，谁也不敢再多说什么。渐渐地，宙斯变得独断专行，越来越喜怒无常，弄得人心惶惶，大家心里都有很多怨气。

赫拉受够了宙斯的暴躁与专制。而且，宙斯风流花心，到处招惹其他女神和凡间女子，这让爱吃醋的赫拉很恼火。有一次，她偷偷找到太阳神阿波罗和海神波塞冬，说：“两位，你们看看我们的王，最近是不是越来越喜怒无常了？”

阿波罗也受了很多委屈，他皱着眉说：“天王最近的确有些反常，我在阴天没有出太阳，他都要骂我。”

波塞冬看好戏地说：“幸好我待在大海里，不用受宙斯的气。”

赫拉白了波塞冬一眼，说：“你幸灾乐祸什么？宙斯还跟我说你是个不定时炸弹，时刻觊觎着他的王位，他正要想办法惩罚你呢。”

波塞冬“砰”地一拍桌子，恼怒地站起来质问赫拉：“什么？他想干什么？要不是当年我和大哥心软，他凭什么当天王？真是个忘恩负义的家伙！”

阿波罗插话嘲笑道：“别的不说，咱们的王倒确实是凭实力当上天王的，就算你和哈得斯一起上也打不过他。”

波塞冬早就觊觎宙斯的王位了，听到阿波罗这么羞辱自己，他恼羞成怒地扯住阿波罗的领子说：“你说什么？再说一遍试试看。在我跟前，你不过就是个小屁孩，竟敢对我指指点点？我今天要是不教训教训你，就不叫波塞冬。”

眼看着他们俩要打起来了，赫拉皱着眉头喝道：“你们干什么！都给我住手，今天不是叫你们来打架的。我有个惩罚宙斯的计划，但凭我一个人完成不了。如果你们愿意出手相助，宙斯肯定会束手就擒。你们要不要加入？”

波塞冬和阿波罗一听能惩罚宙斯，就停下来问她是什么计划。赫拉扬扬得意地说：“趁宙斯睡觉的时候，我带你们偷溜进他的寝宫，把他的霹雳藏起来，再用生牛皮捆住他，这样，他就只能乖乖地听我们的话了。”波塞冬和阿波罗一听这个计划可行，对视一眼，默契地点了点头。

赫拉又把这主意告诉众神，警告他们不许帮宙斯。众神一看要整治宙斯了，想到他们最近在宙斯跟前受的气，都很支持赫拉他们的行动。况且，就算计划失败了，

宙斯也怪罪不到自己的身上。所以众神都向赫拉保证，不会帮宙斯。

这天夜里，赫拉带着阿波罗和波塞冬偷溜进宙斯的寝宫。这会儿，宙斯正呼呼大睡呢，霹雳就在一旁放着。他没有想过有人敢偷溜进他的宫殿造他的反，所以疏于戒备。

三位神屏住呼吸、轻手轻脚地走近宙斯。他们把霹雳拿走，藏到宙斯够不着的地方，然后用生牛皮把宙斯捆住，打了一百个结。就算宙斯再神通广大，现在被捆得死死的，手里没有了霹雳，他也耍不了威风了！赫拉在旁边哈哈大笑起来。宙斯被惊醒了，他发现自己竟然被捆起来了，顿时火冒三丈，怒吼道：“赫拉！你疯了吗？竟敢造反！我今天非要好好惩罚你，让你知道什么叫害怕！”

宙斯想伸手去拿霹雳，却发现根本动不了，而赫拉、波塞冬、阿波罗正一脸得意地看着他。宙斯恼羞成怒地朝他们大吼：“你们快把我放开！不然等我自由了，一定要把你们扔进地狱！”

赫拉不屑地说：“哦？我好怕呀，不过这生牛皮是专门用来对付你的，你再挣扎也没有用。”波塞冬也嘲笑道：“我当你多厉害呢，这生牛皮就把你困住了，看来你没有资格当天王啊。”

宙斯不理会波塞冬，他眼睛一瞪，说：“阿波罗，竟然连你也和我作对。”阿波罗无辜地说：“谁叫您最近总是借着手里的权力大耍威风，让我们受气。况且，您众神之王的地位不也是抢来的吗？我打败了您，就会成为新的众神之王。”波塞冬和赫拉一听这话，顿时脸色一变，因为他们也想称王。

宙斯一看这情形，心里就有了主意，说：“好啊，我被你们捆住了，这天王不当也罢，不过下一任天王，你们三个谁来当？”

三位神你看看我，我看看你，都想得到王位。赫拉说：“这次行动是我策划的，王位理应是我的。”波塞冬说：“我可是宙斯的哥哥，应该由我来当王。”阿波罗不甘示弱地说：“王位应该由年轻有实力的神来继承。”就这样，这三位神竟然打了起来。

宙斯趁机大喊：“众神啊，快来救救我，过来帮我解开绳子！”哪知这些神都假装没听到，没有一个过来帮忙的。宙斯气得发抖，他咒骂道：“好啊好啊，等我自由了，你们就完蛋了！”

对宙斯被捆这件事，只有海洋女神忒提斯有些发愁。

她心想：“任由这三位神打下去也不是办法。宙斯虽然脾气不好，但也干过不少实事。要是没了他，世界恐怕会陷入混乱之中。”于是，她决心救出宙斯。怎么救呢？她找到了百臂巨人，然后和百臂巨人一起飞到神山，趁所有神不注意，溜进了宙斯的寝宫。百臂巨人用他的一百只手迅速地解开了那一百个结。

宙斯被释放了！重获自由的宙斯召唤出被藏起来的霹雳，怒气冲冲地去找那三位造反的神。几个霹雳打下去，他们就被炸得哇哇叫。因为赫拉是主谋，宙斯把赫拉的手脚用金手镯绑了起来，将她吊在空中，警告众神——他要让大家知道，造反就是这个下场！众神在一旁看着赫拉痛苦地呻吟，想救赫拉但又不敢轻举妄动。

宙斯说：“我知道你们心里不满。通过这件事，我知道之前我确实有做得不好的地方，不能因为自己权力大就随意惩罚你们。但是，我要先算算你们不救我的账！如果你们不想受惩罚，那就发誓永远都不造反！”众神没办法，只能一个个发誓永不造反。

宙斯等气好不容易消了以后，才放开了赫拉。为了惩罚波塞冬和阿波罗，宙斯把他们贬到了人间，罚他们做苦力，去建造特洛伊城。

跟着名著去探秘

奥运会最早是献给宙斯的运动会吗

小朋友，读完《赫拉造反》的故事后，喵博士要带大家跟着名著一起去探索一些秘密。今天要探索的秘密是：奥运会最早是献给宙斯的运动会吗？

你已经读了这么多希腊神话，对众神居住的奥林波斯山已经很熟悉了吧？在读这本希腊神话之前，你们有没有听过和奥林波斯类似的什么名字？

有些小朋友可能知道奥林匹克运动会，也就是奥运会！有些小朋友也许不知道奥运会，但肯定都参加过运动会。奥运会，是全世界最重要的运动会之一，每四年举行一次。世界各国最优秀的运动员，都梦想着能登上奥运会的赛场。那么，奥林匹克运动会，莫非和奥林波斯山有什么关系吗?

据说，最早的奥运会，就是为了祭拜奥林波斯山上的宙斯而举办的。古希腊人非常崇尚体育。要知道，在那个年代，要生存下去都得靠好体力呢！当时野兽横行，人们要是跑不快，就容易被野兽吃掉！而且人们之间也经常打打杀杀的，武器则只有刀、剑、长矛这些，谁要是能把长矛扔得又准又远，谁就更有可能打败敌人活下来。

当然了，人们一方面觉得自己要锻炼身体，另一方面也希望天神能保佑自己。所以最早的奥运会，传说就是祭拜宙斯的一种仪式。人们先是宰杀牛羊祭拜宙斯，大家载歌载舞，举杯欢庆，接着再展开激烈的体育比赛。得到第一名的可以戴上桂冠，像神一样受到人们的崇拜。在那时候，人们就有勇争第一的精神呢。在古希腊，举办奥运会是一件非常重要的事，就算是战争也会给奥运会让路——先比赛，然后再接着打仗。一般会有和平使者轮流举着火炬，绕着全希腊奔跑，告诉人们：“停战啦！停战啦！要开奥运会啦！”火炬象征着至高无上的权力，它到哪里，哪里的战火就会停息。人们忘了仇恨，忘了战争，纷纷奔向奥运会的赛场参加比赛。就因为这样，从古至今，奥运会都象征着和平。现在的奥运会，在比赛正式开始之前，也延续了火炬传递的仪式。运动员或是其他优秀的人，手持火炬，绕着城市奔跑，把火炬传递给下一位火炬手。

那么，最早的奥运会，你知道是在哪里举办的吗？它是在古希腊的奥林匹亚举办的。奥林匹克运动会的名字，就是根据这个地名来的。那里有著名的宙斯神庙。人们心想，宙斯住在奥林波斯山上，不如就把这个体育赛场叫作奥林匹亚吧，以表达他们对天神和奥林波斯山的敬意。现在的奥运会，每一届都在不同国家的不同城市举办，但每一届奥运会都要到希腊的奥林匹亚去提取火种，然后再用其点燃火炬。有人说，这是为了纪念普罗米修斯为人类盗取火种，而且，也象征着奥运精神从那遥远的古代，一直传承到现在。

有的小朋友觉得，一会儿奥林波斯山，一会儿奥林匹克运动会，一会儿又是奥林匹亚，好难记啊！其实，这三个词，都是根据英语的读音直接翻译过来的，喵博士来编个绕口令，大家就能记住啦！Olympus是奥林波斯山，天神宙斯住在那里；Olympic Games，奥林匹克运动会，全世界争第一；Olympia是地名，古代奥运会在奥林匹亚举办。小朋友，你记住了吗？

历史上有记载的第一届古代奥运会，距离现在已经有2000多年了。中间曾经中断了1500多年。直到100多年前，一位叫顾拜旦的法国人提议恢复奥运会这项有意义的比赛，全世界有很多国家响应，表示赞同。就这样，奥运会才重新出现在人们面前，并且成为世界上最重要的运动会之一。人们后来也把顾拜旦称作现代奥运会之父。

喵博士艺术小学堂

《掷铁饼者》

图片来源：Wikimedia Commons
发布者：Livioandronico2013
https://commons.wikimedia.org/wiki/File:Discobolus_in_National_Roman_Museum_Palazzo_Massimo_alle_Terme.JPG

作者：［古希腊］米隆（约公元前480—公元前440），雕塑家，其作品几乎都是青铜雕塑，《掷铁饼者》是他的代表作。

收藏地：该作品原作为青铜制品，已经丢失，复制品收藏于意大利国立罗马博物馆、梵蒂冈博物馆。

作品简介：小朋友，不知你有没有听爸爸妈妈提到过“马甲线”呀？如果你不太明白这个词是什么意思，那么，看看这座雕像，你就会理解一些啦！因为掷铁饼者的腹部就有着无数大人都想拥有的“马甲线”呢，哈哈！“马甲线”，一般是指在肚子上没有赘肉的情况下，肌肉间会形成线条，看起来像马甲一样。

米隆作品中的掷铁饼者肌肉健壮，线条流畅，生动地表现出了运动员在掷出铁饼前一刻的紧张状态，该雕塑被誉为一件不朽的艺术珍品。

海豚救人

传说，波塞冬在凡间有一个儿子叫阿利翁，是有名的吟游诗人，他有着动人的歌喉，七弦琴也弹得特别好。他还曾经为酒神创作了一首酒神赞歌呢。

有个叫科林斯的国家，那里的国王非常欣赏阿利翁的才华，邀请他进王宫居住，两人相处得十分愉快。一天，阿利翁听说西西里岛要举办一场盛大的音乐比赛，各地著名的音乐家们都会去参赛，一展风采。阿利翁也对这场比赛心驰神往，他跟科林斯国王提出了去参赛的想法。

可是，从科林斯到西西里岛路途遥远，国王不安地劝说他："阿利翁，王宫里的日子不好吗？你为什么非要去那么远的西西里岛参加比赛呢？海上大风大浪的，我放心不下啊。”

阿利翁温和而坚定地说：“我们吟游诗人本来就是要浪迹天涯，为各地人民带去欢乐。如果能在比赛中摘得桂冠，我的名字、我的音乐将传遍全世界！所以，就算风险再大，我也要去闯一闯！”国王看阿利翁决心已定，只好祈求天神保佑他一路平安。

阿利翁与国王告别后，带上行李和多年的积蓄，乘船前往西西里岛。在音乐比赛中，阿利翁大放异彩，他的音乐得到了所有人的喜爱，他也顺利地摘得了桂冠。在从西西里岛返航的途中，船上的水手们热情地欢迎阿利翁，还称赞他说：“哇！您就是大名鼎鼎的音乐家阿利翁啊？您真是太了不起了！”

阿利翁谦虚地说：“哪里哪里，我只是爱好音乐而已。”水手们又问道：“听说您这些年一直住在王宫，国王对您好吗？”

一提到国王，阿利翁就满脸感激地夸赞道：“那当然了，国王待我像亲弟兄一样。”水手们点头附和着，又称赞了阿利翁几句。接着，阿利翁放松地躺在船上晒太阳，不知不觉打起了瞌睡。迷糊中，他隐约听到水手们在嘀咕着什么，好像还有争吵声。

阿利翁好奇地坐起来，眯着眼睛、竖起耳朵仔细听他们的谈话，他竟然听到了“钱、抢、杀”这样一些字眼。阿利翁大吃一惊，难道他上了一艘海盗船吗？他故作镇定地站起来，准备到船的另一边去。水手们却突然冲了上来，把他团团围住。

船在大海中行驶着，四周全是海水。阿利翁惊慌地问道：“你们、你们要干什么？”水手们之前亲切的面容不见了，一个个凶神恶煞地瞪着他。阿利翁见无路可逃，只得舍钱保命。他拿出所有财产，对水手们赔笑道：“请你们不要伤害我！这是我全部的积蓄，都给你们！”

水手们把阿利翁的包袱打开一看，满意地点点头。阿利翁以为水手们只是想抢点钱，稍稍放下心来。他刚想坐下，却被一个水手拿刀抵住了胸口。阿利翁慌乱地问道："你们……我已经把全部财产都给你们了，为什么还不放过我？"

一个水手凶狠地说："你和科林斯国王关系那么好，要是放过你，你回头去告状，我们还能活得了吗？"阿利翁赶紧举起手，发誓说他决不会揭发。但水手们根本不理会他的苦苦哀求，恶狠狠地说："少啰唆，你命中注定要死在我们手里！"

阿利翁绝望地摇摇头，说："好吧，既然这样，就请你们给我最后的尊严。我是一位吟游诗人，我要在临死前唱一支歌，向我的生命告别。"

水手们答应了他的要求。阿利翁庄重地按照吟游诗人的礼仪，穿起长袍，戴上花冠，坐在船头拨动七弦琴，唱起了一首献给太阳神的赞歌。他唱着唱着，突然纵身一跃，跳进了波涛汹涌的大海。水手们大惊失色，连忙趴在船边向海面张望。可波浪翻滚着，哪里还看得到阿利翁的影子。

"算了，跳下去就跳下去吧，我本来还想多留他几天，听他唱歌解闷呢。现在他是自己跳海的，可不是我们杀了他。”一个水手为自己开脱道，大家也都连忙附和，然后心安理得地分了阿利翁的钱。

跳入大海的阿利翁慢慢地沉了下去。可他突然发现，有什么东西托住了他，缓缓地把他送到了海面上。阿利翁低头一看，啊！是一只大海豚！周围还有许多海豚围着他跳跃。原来，阿利翁那动人的歌声竟然把这些海豚吸引了过来。它们救起了跳进海里的阿利翁，并驮着他向岸边游去。

阿利翁在海豚的背上唱起了欢快的歌曲，海豚们也兴奋地随着节奏跳跃。到了岸边，阿利翁感激地摸着海豚的头说：“谢谢你们，亲爱的朋友，再见！”海豚们也不舍地叫着，目送阿利翁离开。

阿利翁一路唱着歌回到了科林斯王宫。国王看到阿利翁，冲过来一把把他抱住，激动地说：“你终于安全地回来了！”阿利翁想到自己差点死在海上，热泪盈眶地说：“感谢神保佑我。”阿利翁把海上发生的事情告

诉国王。国王气愤地说："这些人竟然如此猖狂，不知干了多少伤天害理的事，我一定要好好惩罚他们！"

一个月后，那艘船回到了科林斯，国王假装来迎接阿利翁回国，他派了一支乐队在岸边敲锣打鼓，并让阿利翁藏在乐队里。等船靠岸后，国王故意伸长脖子在船上寻找阿利翁，他问水手："你们回来了，阿利翁呢？"一个水手说："恭喜国王，阿利翁在西西里岛的比赛中夺得桂冠！那里的国王也很喜欢他，就把他留下做客了。"

他的谎话还没说完，阿利翁就穿着长袍、戴着花冠出现了！水手们以为是阿利翁的鬼魂出现了，吓得哇哇大叫："鬼啊，有鬼！""对不起，阿利翁，我们错了，不该把你扔进海里。求求你放过我们吧，我们一定会祭拜你的，求你了。"他们惊恐地跪在地上，恳求阿利翁的"鬼魂"放过他们。

国王厉声喝道："睁大你们的眼睛看看这是人是鬼？阿利翁正直、善良，天神保佑他从你们这群毒蛇手中脱险！你们做了那么多坏事，也该接受惩罚了！来人，把他们流放到偏远的岛上，永远都不许再回来！”

善良的海豚们搭救了才华横溢的阿利翁，让坏人受到了应有的惩罚。

写故事的魔法棒

“你们这群毒蛇”

小朋友，在《海豚救人》这个故事里，也藏了一个写故事的小魔法，我们一起来看看吧。

在故事的最后，国王对海盗们呵斥道：“睁大你们的眼睛看看这是人是鬼？阿利翁正直、善良，天神保佑他从你们这群毒蛇手中脱险！……”这句话有点奇怪，国王说“你们这群毒蛇”，他们明明是海盗，是人，为什么国王却称呼他们为毒蛇呢？这就是我们今天要讲的小魔法啦！

有的小朋友很聪明，一看就知道，这其实是比喻嘛！只不过，它有那么一点特殊。本来，正常的比喻句是这样的："你们这群像毒蛇一样的海盗！"国王是把海盗比喻成毒蛇，但在这里，却直接用"毒蛇"这个词来代替海盗了。

大家有没有觉得，我们在生活中也经常有意无意地用过这样的小魔法？例如，有的小朋友说："那天早上，我们班同学陈晓宇顶着一头鸡窝，就冲进了教室。"

咦，这个陈晓宇，难道他家里养鸡了吗？他怎么会把鸡窝顶在头上呢？哈哈，喵博士在跟大家开玩笑呢！小朋友肯定不会受骗上当的，对吧？因为，这里当然不是说陈晓宇真的顶着一头鸡窝，而是说他的头发乱糟糟的，简直就像鸡窝一样。

再来举个例子：他听到别人在骂人，说："你这个母老虎，又因为一点小事吵架了！"被骂的那位肯定是个女人，人家觉得她太凶了，像母老虎一样。不过，骂人家是母老虎的人也不对哟！

小朋友，你现在有没有搞清楚，喵博士今天教的小魔法到底是什么？它就是一种特别的比喻，只不过句子里并没有说什么像什么，而是直接把比喻后的那个称呼借来，代替了原来的称呼。所以，这个小魔法的名字就叫作借喻。现在，你明白了吗？

那么借喻这个小魔法有什么好处呢？它能让我们在讲故事的时候，语言更简练、更有力量。例如，我们前面说，“陈晓宇顶着一头鸡窝”，如果我们不用这个小魔法，那我们就得说：陈晓宇顶着像鸡窝一样乱糟糟的头发。这样一来，是不是就有点啰唆了？听起来也没有那么生动了。

另一个句子也是这样：“你这个母老虎！”听起来就很有气势！如果改成：“你这个像母老虎一样的女人！”这样就啰唆了，而且气势也变弱了！当然了，我们可不是在教你骂人！但是，哪天如果你自己讲故事，故事里的主人公难免也会有凶的时候，这时候，就可以用一用这个小魔法啦。

当然，在我们中国的古诗词里，借喻这个小魔法也用得很广泛。比如，唐代岑参有首诗叫《白雪歌送武判官归京》，诗里的前几句是这么写的：“北风卷地白草折，胡天八月即飞雪。忽如一夜春风来，千树万树梨花开。”你们可别以为这是春天梨花开了。从头一句我们就可以看出，这儿其实讲的是边塞的八月天下起了大雪。“忽如一夜春风来，千树万树梨花开”，是非常有趣的借喻，千树万树的梨花，其实指的是挂满树梢的大雪。远远望去，是不是还以为春风吹开了一树树的梨花呢？

今天的小魔法不难吧？那么接下来有两个有意思的句子，你们肯定知道是什么意思。快来看一看，看谁答得快！

第一个句子：“暴雨过后，荷叶上留下一颗颗珍珠。”这个珍珠，是什么意思啊？

第二个句子：“这帮猴子把教室弄得乱七八糟的，老师让他们写检讨。”这帮猴子，说的是真的猴子吗？

读者互动

小朋友如果知道答案的话，就赶快通过微信公众号“喵博士听听”给我们留言，我们会从中挑选出一些特别有意思的，分享给其他小朋友。如果你还知道其他类似的有意思的句子，也请发给我们哟！记住我们今天的小魔法——借喻。

神使的恶作剧

你还记得吗，十二主神里，有一位叫赫耳墨斯的神。他是宙斯的儿女里最机智、最狡猾的。他动作很快，经常穿梭在人间、神界和冥界，为大家传递信息，所以就被封为神使，也就是神的使者。别看他是十二主神之一，却非常喜欢恶作剧。他这调皮捣蛋的性格小时候就表现出来了。

星神迈亚在一个山洞里生下了赫耳墨斯，小家伙还在摇篮里的时候，就趁妈妈不注意偷偷溜出了山洞。他看到小溪边有一只大乌龟，就用乌龟壳做了一把里拉琴，拉出的声音还非常动听呢。

一天，赫耳墨斯好不容易从妈妈手底下溜出来，他歪着脑袋自言自语："接下来去哪儿好呢？嘿嘿，有了！听妈妈说我有个太阳神哥哥，他心爱的牛群在皮埃里亚平原上吃草呢，不如我就戏弄一下这个哥哥，看他能不能发现我。"

赫耳墨斯得意地一笑，就用旋风般的速度赶到了皮埃里亚平原。他用鲜嫩的青草引诱五十头牛离开了队伍，并把它们越赶越远。不过，他偶然回头一看，哎呀，牛的蹄印正清清楚楚地印在地上呢！赫耳墨斯发起愁来：这可怎么办啊？阿波罗一看到蹄印，肯定就知道牛到哪儿去了！

他皱起眉头向周围看了看，忽然看见了水塘里的芦苇和柳枝。"有了！"他折了一些芦苇和柳枝，绑在牛蹄上，这样牛群走路的时候，就会自动把蹄印扫得干干净净，然后，大风一吹，地面上一点痕迹都没有了。

这样一来，赫耳墨斯放心了，他重新挥起小鞭子，继续把牛群赶向远方。黄昏时，他在一个村庄遇到一位老爷爷。老爷爷惊奇地问他："小孩儿，你的父母呢？怎么这么小就让你放牛啊？"赫耳墨斯本来不想引起别人注意的，却被这个老爷爷看见了，只好说："老爷爷，我给你一头牛，但请你一定不要告诉别人，我曾赶着牛群从这里经过哟。"

老爷爷一听能得到一头牛，笑得合不拢嘴，连声说："好好好！爷爷一定帮你保守这个秘密，我什么都没看见，哈哈哈哈。"赫耳墨斯嘴甜地说："谢谢爷爷。"他把一头牛留给老爷爷，继续向前走去。

没走多远，他有点不放心，想试试刚才那位老爷爷到底会不会信守承诺。于是，他变成一个大人，又回去找老爷爷，问他："嘿！老人家，你有没有见过一个男孩赶着一群牛从这里经过啊？如果你能告诉我，我就给你一头公牛，再加一头母牛。"老爷爷听到又有人要送牛给他，而且一送就是两头，顿时两眼放光。他犹豫了一下，神秘地给这个男人指路说："刚才啊，一个小孩儿赶着好几十头牛，向那边走过去了！"

正当老爷爷美滋滋地等着自己的奖赏时，眼前的男人却变回了刚才那个小孩儿的模样。赫耳墨斯生气地指着老爷爷大喊道："你怎么这么不守信用！贪心的人可是要受惩罚的！"说完，他就把老爷爷变成了沉默的石头，让他牢牢记住，必须信守自己的承诺。

赫耳墨斯赶着牛群继续前进。眼看着天快黑了，再不回去的话，妈妈该担心了。正好他看到路边有一个山洞，于是就把牛倒着赶进洞里，还宰了两头母牛献给天神。

做完这些事以后，赫耳墨斯才像一阵旋风似的，向家里飞去。他为什么要把牛倒着赶进山洞呢？这就是赫耳墨斯的聪明之处：牛倒退着走进山洞，那么它们留下的蹄印，看起来就像是牛从山洞中里走出来的样子。阿波罗就算发现了这些蹄印，也一定会以为牛是从这里离开的。

不一会儿，赫耳墨斯就飞到了自己住的山洞。幸好，母亲不在，他长出一口气，正要跳进摇篮，突然有一只手抓住了他，把他抱了起来。不是别人，正是他的母亲迈亚。她生气地问道："你去哪里了？"

赫耳墨斯乖巧地笑着说："我就到前面的小树林玩了一会儿。"

妈妈把他放进摇篮，责备他说："别以为我不知道。可你为什么要去惹阿波罗呢？你不怕他吗？他法力高强，脾气又不好，很不好惹。"

赫耳墨斯见妈妈什么都知道了，也就不装糊涂了，神气地说："我不怕他！他不就是喜欢打架吗？没什么了不起的。"

妈妈说："你就等着吧，阿波罗一定会好好教训你的，等你吃了苦头就学乖了。"

赫耳墨斯气呼呼地把头一偏，说："笨蛋阿波罗不会发现的。"

阿波罗很快就发现牛少了，而且找了半天也没找到。报信鸟把阿波罗带到了山洞附近。阿波罗一看洞口的蹄印，以为那些牛已经离开了，也就没有进去寻找。后来，有人告诉他，是赫耳墨斯偷了他的牛，他气呼呼地找上门，指着赫耳墨斯生气地说："你这个小偷！快把我的牛还回来。"

赫耳墨斯睁大眼睛，假装无辜地看着阿波罗，问道："阿波罗哥哥，你在说什么呀？"

阿波罗黑着脸说："别跟我装糊涂了！就是你偷的，快还来。你要是不还，我就把你打入地狱，任何人都救不了你！"

赫耳墨斯冷静地说："你有证据吗？没有证据就是污蔑。我只是个小孩，整天只知道吃奶、睡觉和

玩耍，不知道什么是牛，又怎么可能偷走呢？”

阿波罗气得吹胡子瞪眼，拽着赫耳墨斯飞向神山去找父亲宙斯理论。赫耳墨斯的小把戏，自然瞒不过宙斯。宙斯劝说赫耳墨斯把牛还给阿波罗。赫耳墨斯不满地嘟起嘴说：“父亲，你偏心！”宙斯假装生气，说：“有人当了小偷不承认，还说我偏心？”

见父亲表情严肃，赫耳墨斯委屈地大叫：“哪有！我只是想借他的牛玩一玩，还好心留了线索给他，都怪他太笨了。”阿波罗听这话就要去揍赫耳墨斯，宙斯劝住了阿波罗，让他们和解。

最后，赫耳墨斯带阿波罗找到了牛群，还把自己做的竖琴送给了阿波罗，阿波罗则送给赫耳墨斯一根专管财富、梦想和幸福的金手杖。赫耳墨斯对着一条河流发誓，以后再也不偷阿波罗的东西了。但是，他还是管不住自己喜欢恶作剧的毛病。后来，他把海神波塞冬的三叉戟也偷去藏起来，还偷走了爱神阿佛洛狄忒的腰带。当然，他也因自己的恶作剧而受到了惩罚。

跟着名著去探秘

马拉松长跑是为了纪念一名战士吗

小朋友，读完《神使的恶作剧》，喵博士又要带你跟着名著一起去探索一些秘密。这次要探索的秘密是：马拉松长跑是为了纪念一名战士吗？

你知道马拉松这个长跑项目吗？说起长跑，很多小朋友可能会说：“长跑谁不会啊，我也经常跑步呢！”不过马拉松可不是一般的长跑，因为它的距离实在是太长太长了，如果跑完全程，普通人得要好几个小时。现在世界各地都特别流行马拉松比赛，因为很多人都想挑战一下，看自己到底能不能坚持跑完。

你知道马拉松这项运动是怎么来的吗？为什么要

跑那么远的距离呢？这还得从古代的一场战争说起。故事发生在2000多年前，当时有个很强大的国家叫波斯帝国，这个国家的统治者四处征战，不断扩张自己的地盘。他们甚至跨越爱琴海，打到希腊来了。这就是著名的希波战争，意思是希腊和波斯帝国之战。

希波战争中，比较早期的一场战役叫马拉松战役。当时，波斯大军大举进攻希腊，整个希腊被战争的阴云笼罩着。雅典当时是希腊的一个城邦，他们派出1万人的军队，打算去支援临近的城邦。但突然有噩耗传来，在距离雅典非常近的马拉松平原，又有一支波斯军队登陆了！糟了！雅典危险了！雅典军队不得不立刻掉转方向，火速向马拉松平原赶去，想阻止波斯大军向雅典的进攻。但当时的波斯帝国实在是太强大了，他们的兵力足足是雅典兵力的10倍。也就是说，雅典军如果派出1个人，波斯军就能派出10个人。这仗还怎么打啊？

雅典人看到浩浩荡荡的波斯大军，不免犹豫了起来，这简直就像和巨人打架一样啊，到底是抵抗，还是投降？最终，他们的勇气战胜了恐惧！他们的聪明才智也在那场战役中发挥得淋漓尽致。“好啊，你们来进攻吧，但是地形你们有我们熟吗？你们人多是吗？但你们肯定也有弱点！”战斗正式打响了！充满勇气和智慧的雅典人如有神助，他们通过排兵布阵，竟然把波斯大军打得落花流水。最后，雅典军队牺牲了将近 200 人，你们猜波斯军队损失了多少人？有 6000 多人呢！也就是说，雅典每损失 1 个人，波斯就得损失 30 个人！因此，这场战役也成了历史上著名的以少胜多的战役。

波斯人灰溜溜地乘船回国了，雅典将士们则欢呼雀跃：“胜利了！胜利了！”他们恨不得立刻把胜利的喜讯传回雅典城。于是，他们指派了一位善于长跑的“飞毛腿”战士，跑回雅典城去传递胜利的喜讯。这位长跑健将叫作斐力庇第斯。他带着喜悦，一刻不停地从马拉松向雅典城奔去。也许是因为太激动而忘了休息，等他终于跑进雅典城后，他上气不接下气地向城里的人喊道："欢……庆吧，雅典人，我们……胜利了！"说完这句话，他就倒在地上牺牲了。

为了纪念这位英勇的战士，在1896年的第一届现代奥运会上，设立了马拉松比赛项目。据说，当时这位士兵大概跑了42千米左右，于是，现在马拉松比赛的距离，也是42千米左右。

关于马拉松的故事就要讲完了，但是，喵博士还想告诉你一些课外知识。第一个是关于波斯帝国的。现在还有波斯帝国吗？古时候的波斯就是现在亚洲的伊朗。马拉松战役以后，波斯帝国不甘心，又卷土重来杀回希腊。整个希波战争一共持续了大约50年。最终野心勃勃的波斯帝国还是被彻底打败了，并且从此一步步走向衰落。

第二个知识是关于雅典的。现在的雅典是希腊的首都，而在2000多年前马拉松战役的时候，古希腊是由很多相互独立、互不统属的城邦组成的，雅典只是其中的一个城邦。

国王的金手指和驴耳朵

弥达斯是一个国家的国王，这个国家的名字有点奇怪，叫作佛律癸（guǐ）亚。一天，侍卫绑来一个喝得醉醺醺的人，向国王报告说："国王，这个醉汉鬼鬼祟祟地出现在田地里，怕是居心不良。"弥达斯正要惩罚这个醉汉，可仔细一看，这人不是酒神的老师吗？

弥达斯参加过酒神节，见过酒神，也见过这个醉汉。当时，酒神对这个人可是非常尊敬的。弥达斯立刻说："大胆，竟敢绑住酒神的老师！快放开先生，立刻摆上宴席，我要招待先生。"于是，王宫中大摆宴席，招待酒神的老师，整整狂欢了十天十夜。到了第十一天的时候，弥达斯就带着这位先生去找酒神了。

而酒神发现老师不见了之后，正焦急地派人到处寻找呢。这会儿见老师被安全地送回来了，酒神感激地对弥达斯说：“谢谢你送我的老师回来，我要奖赏你一个法术，你要什么呢？是隐形术？还是飞翔术？不管是什么，我都可以满足你。”

弥达斯惊喜地问道：“是吗？不论什么法术都可以吗？”酒神肯定地点点头。弥达斯说：“那我要点石成金术。”酒神皱了皱眉，问他：“你确定要这个法术吗？”弥达斯连忙说：“是的！我确定！我希望我的手不管碰到什么，都可以将其变成金灿灿的金子。求您满足我这个愿望吧。”

酒神将法术赐给他，说：“好了，你可以走了。”弥达斯激动地向酒神跪拜，接着便兴奋地往回走去。

在回去的路上，国王弥达斯捡起路边的一根树枝，那根树枝马上变成了金子；他再拾起一块石头，石头也变成了金子；甚至他洗手的时候，水滴也变成了金子。

弥达斯激动地大喊："哈哈哈，我要变成世界上最富有的人了！"

他回到王宫，仆人们早已准备好丰盛的美食来庆祝。弥达斯高兴地准备大吃特吃，可刚拿起面包，面包就变成了金子；刚要喝葡萄酒，葡萄酒也变成了坚硬的金子。弥达斯这才惊恐地意识到自己拥有的法术有多可怕。

"天哪，难道我要饿死了吗？"他苦恼地想，"这可怎么办？难道要让酒神收回这个能力吗？不！不行！我好不容易才可以点石成金，与食物相比，金子更重要！是的，金子更重要！"

于是，弥达斯只能饿着肚子看着这些美食。他试了无数次，可东西一到嘴边就变成了金子。痛苦的弥达斯好多天吃不上一口饭、喝不了一口水。他快要饿死了，这才悔恨不已地祈祷："酒神啊酒神，救救我吧，求您收回我的法术。"

酒神听到弥达斯的召唤，出现在了王宫，弥达斯扑过去抱住酒神的腿说："酒神，求您救救我，收回我的法术吧。”

酒神叹了口气说：“唉，我当时就劝你不要选这个法术，可你偏偏固执己见。现在你只能到帕克托罗斯河中洗去你的法术和罪孽。”

弥达斯连忙跪谢酒神，然后让人抬着自己去了帕克托罗斯河。弥达斯在河水中洗了个澡以后，发现自己点石成金的能力真的消失了！弥达斯虽然对此觉得非常遗憾，但这样好歹能把命给保住了啊。他抓起食物，狼吞虎咽地大吃起来。而他洗过澡的那条帕克托罗斯河，因为河里的沙子被弥达斯触碰过，所以后来，河里经常会有金沙和金块出现呢。

国王弥达斯因为贪心吃了苦头，没多久，他又因为自己的傲慢无礼惹了大麻烦。这是怎么回事呢？

这事儿还得从阿波罗和牧神潘的一场音乐比赛说起。阿波罗是掌管音乐的神，他擅长弹奏各种乐器，演奏出来的音乐十分悦耳动听。而牧神潘，由于时常在草原上放牛，所以也经常吹芦笛来解闷。渐渐地，牧神潘的演奏水平也被大家认可，人们都说他吹的芦笛是草原上最动听的音乐。说得多了，牧神潘就有些骄傲，他竟然去挑战阿波罗，要跟他比赛。

阿波罗虽然不屑，但想让牧神潘知道什么才叫音乐，就接受了他的挑战。他们请德高望重的山神来当裁判。很多观众前来观看这场比赛，有天神，也有凡人。国王弥达斯也坐在观众席中。

比赛开始了！牧神潘首先吹起了芦笛，他吹芦笛的技巧非常高超，但调子却是豪放、野蛮的，大家都皱起了眉，只有弥达斯听得十分入迷。

轮到阿波罗了，他庄重地戴上桂冠、穿上紫色长袍，拨弄他的七弦琴。动听的音乐从他指尖流淌出来，叽叽喳喳的人群顿时安静下来，全都沉浸在阿波罗的音乐中无法自拔。一曲结束，大家都感叹不已。作为裁判的山神宣布阿波罗获胜，大家都赞同地点点头。

这时候，弥达斯却站起来，傲慢无礼地大声反对道："我不同意！获胜的应该是牧神潘，阿波罗演奏得实在太难听了。”

弥达斯反对就反对吧，竟然说出这么没礼貌的话，这可把阿波罗给惹恼了。阿波罗生气地看着这个胆敢诋毁自己音乐的人，揪住他的耳朵，把他的耳朵越拉越长，还让耳朵上长出细细的绒毛，就这样，弥达斯的耳朵变成了一对驴耳朵。大家哄堂大笑，羞得弥达斯一溜烟地逃跑了。

从此以后，弥达斯整天用围巾包住头，不让任何人看到他的耳朵，所以老百姓们也不知道国王长出了驴耳朵。但弥达斯理发的时候，没法再围着围巾啊！所以，这个秘密就被理发师发现了。

弥达斯恶狠狠地威胁理发师说：“你要是告诉别人这个秘密，我就处死你。”理发师吓得直哆嗦，连忙跪下说：“国王！我什么都没看见，什么都不知道，求求您不要杀我。”

弥达斯继续吓唬他说：“这件事，天知地知，你知我知，要是再有人知道了，那就一定是你泄露的！到时候别怪我不客气。”理发师连连点头，弥达斯这才放心地走了。

一开始，理发师小心翼翼地保守着秘密，可他从小就是个管不住自己嘴巴的人。他无数次跟人聊天时，差点脱口说出这个秘密，可一想到国王的威胁，他只能硬生生地把话咽了回去。

终于有一天，理发师再也忍不住了，他已经快要憋

坏了，就跑到牧场，挖了一个洞，对着洞口大喊：“弥达斯国王有一对驴耳朵！”说完，他长出一口气，啊，终于说出来了，感觉太好了！接着，他又环顾四周，确保没人后，快速把洞填好，高高兴兴地走了。可谁知，这地方长着一丛芦苇，风吹过的时候，芦苇就会说话，说的正是：“弥达斯国王有一对驴耳朵！”

这下，全国上下都知道弥达斯有一对驴耳朵了。弥达斯国王以为是理发师告诉了别人，就下令追杀他，哪知道理发师早就逃跑了，气得他两只耳朵变得更长了。

弥达斯国王真是又可怜又可恨，他的贪婪无知和傲慢无礼终究害了自己。

跟着名著去探秘

点石成金的法术，到底是好是坏呢

小朋友，读了《国王的金手指和驴耳朵》后，喵博士又要带你跟着名著一起去探索一些秘密。这次要探索的秘密是：点石成金的法术，到底是好是坏呢？

在刚才的故事里，讲到一个贪婪的国王，为了能拥有更多的财富，他让酒神赐予自己点石成金的法术。拥有这个法术以后，国王的手指碰到的花花草草、石头和树木，全都变成了闪闪发光的金子。国王激动极了。但他没想到的是，他的手指碰到食物，食物也会变成金子。于是，国王什么东西都吃不成，饿得头昏眼花，只好求酒神收回了这个点石成金术。

在希腊神话里，点石成金可不是什么好法术，谁要是拥有点石成金的法术，就会把自己饿死。但在我们中国呢，人们还是很喜欢点石成金这个法术的。例如《西游记》里，孙悟空的第一个师父菩提祖师就会点石成金的法术！

孙悟空曾经这样介绍自己的师父："我那师父，呼风唤雨就像翻个手掌一样容易；把水变成油，点石成金，就像转身一样轻松。"除了《西游记》，在《八仙过海》这个故事里，有位叫吕洞宾的神仙，也会点石成金的法术。

大家是不是觉得很奇怪：为什么他们有点石成金的法术，却不会像希腊神话里面那个国王一样饿死呢？有位小朋友给我们解释了这个问题，他说可能是这样的，我们中国神话故事里的这些神仙，把手指伸出去的时候，心里要念咒语，这样，被他们点到的东西才会变成金子。如果他们不想让什么变成金子，就不念咒语，这样，就不会把食物也变成金子，然后饿死自己了。喵博士觉得，这位小朋友的解释很有道理，你觉得是不是这样呢？

不过，就算在中国的传说里，点石成金是个很好的法术，但如果人太贪婪，也会受到惩罚。例如，我们刚才说到的《八仙过海》，吕洞宾不是会点石成金的法术吗？有一次，他就遇到了一个贪婪的穷人。那个穷人之前一直虔诚地祈求吕洞宾，希望能给自己带来好运。

吕洞宾被他的诚心感动了，就来到这个穷人的家里。只见吕洞宾用手指了指穷人家院子里的那块大石头，刹那间，石头竟然变成了金光闪闪的金子！那个穷人激动地张大了嘴，半天说不出话来。吕洞宾问他："你想要这块金子吗？"没想到，穷人竟然回答："不想要。"吕洞宾乐呵呵地笑了起来，心想："这还真是一位不贪财的善良之人呢，看来，可以把这点石成金的法术传授给他，让他去帮助更多的人。"谁曾想，这个穷人清了清嗓子说："我想要你那点石成金的手指！”

吕洞宾大怒道：“竟然还有如此贪婪且残酷之人！”他一气之下就离开了，那块金子也随之消失不见了。最后，这个贪婪的穷人什么也没得到。

你看，点石成金虽然是个好法术，但如果贪得无厌的话，最终都会受到惩罚！人还是要凭借自己的努力去获得想要的东西！

在中国，“点石成金”还是个成语，它的意思是：把不好的或是平凡的事物，变成美好的事物，也就是化腐朽为神奇。你知不知道，这个成语可以怎么用？如果你在讲故事的时候，用了一个特别生动的词，那么你的听众也许就会说：“哎呀，你的这个词，真是点石成金啊！”有些原本比较平淡的故事，如果加上一些小魔法，就能起到点石成金的作用，让整个故事变得生动起来。

爱上自己的倒影

河神和水泽女神生下了一个英俊可爱的小男孩，叫那喀索斯。出生不久，水泽女神就带着孩子去找预言家，想问问孩子未来的命运。预言家算了算，眉头紧紧皱了起来，他对女神说：“这孩子长大后，会成为世间少有的美男子，但千万不要让他看见自己的模样，否则……他会遭遇不幸。”

女神吓坏了，她一回到家，就把家里所有能照到人脸的东西都扔了。而且，她从儿子很小的时候，就不厌其烦地叮嘱他，不许去河流、湖泊的附近，担心他看到自己在水中的倒影。河神夫妇就这样小心翼翼地呵护着那喀索斯长大。

一年年过去了，那喀索斯果然长成了一个人见人爱的美少年。但他并不知道自己很美，只是一心痴迷于打猎。森林里的很多仙女都深深地爱上了他，厄科仙女就是其中非常痴心的一个。一天清晨，她在森林中偶然看见了英俊的那喀索斯，瞬间就被这位美少年的容颜所倾倒，不可救药地爱上了他！

她悄悄地跟在那喀索斯的后面，很想对他表白，但却一句话也说不出来。这是为什么呢？因为她之前被天后赫拉施了一个奇怪的法术，不能主动说话。

这个法术，还得从她以前的一个坏毛病说起呢，那就是话太多。

因为厄科仙女话多，宙斯曾经派她去缠住赫拉，免得赫拉老盯着自己管东管西。果然，厄科仙女围着赫拉叽叽喳喳地说个没完，让赫拉完全忘了要去盯着宙斯在干什么。

不过，这件事的真相后来被赫拉知道了，她气得咬牙切齿，大声训斥厄科仙女道：“好啊，你不是爱说话吗？我看你现在还怎么说话！”赫拉施了个法术，让厄科仙女再也不能说话，只有遇到心爱的人时，如果对方先说话，她才可以应声。

厄科仙女就这样默默地关注着美少年那喀索斯。有一次，那喀索斯在森林里和随从们走散了，迷路的他大声求救：“有谁在这里？有谁在这里？”悄悄跟着他的厄科仙女立刻回应道：“在这里，在这里。”

那喀索斯诧异地环顾四周，却没看到半个人影。他又高声喊道：“过来！”厄科仙女也回应道：“过来！”那喀索斯觉得更奇怪了，继续大喊：“快到我跟前来。”厄科仙女高兴地回应：“快到我跟前来。”话音未落，厄科仙女就穿过密林来到了那喀索斯面前。

因为不能说话，厄科仙女只能张开双手，想要拥抱那喀索斯，表达自己的爱意。那喀索斯却被吓得连连后退。那喀索斯虽然被众多仙女爱慕着，但他却谁也不喜欢，而且，对那些爱慕自己的仙女，他总是特别冷酷无情。

他对着想要拥抱自己的厄科仙女大吼道：“疯女人，不要用你的手抱我。如果被你拥抱，还不如让我死了好。”厄科仙女用无辜的眼神受伤地看着那喀索斯，低声重复道：“还不如让我死了好。”说着，她便哭着逃回密林深处，再也不愿见人。她就这样被美少年那喀索斯深深地伤害了。从此以后，她躲在山谷里，与世隔绝。后来，她化成了山谷里的岩石。如果有谁在山谷里呼喊，她就会像之前一样回应，这就形成了山谷的回声。

那喀索斯不仅无情地拒绝了厄科仙女，还拒绝了其他所有向他示爱的人。而且，他拒绝别人的话，总是那么伤人，例如这样：“你算什么东西？”“放开你肮脏的手。”每个向他表白的人，最后都带着耻辱伤心地离开。人们都说那喀索斯长着天使的脸庞，却有着魔鬼的心肠。一些被他伤害的仙女绝望而怨恨地祷告说：“神啊，惩罚这个冷酷的魔鬼吧，让他也爱上一个人，却永远得不到她。”

复仇女神涅墨西斯[1]听见了这个祷告，决定惩罚美少年那喀索斯，因为他不仅拒绝爱情，还侮辱别人的爱。

一天，烈日炎炎，美少年那喀索斯又去打猎，被晒得又热又渴。复仇女神引诱那喀索斯来到山中的湖水边。这片湖干净清澈，像一块水晶，山中的牧童、牛羊都不曾污染过这片湖水，也从来没有一片落叶、一根杂草打扰过湖水的平静。它像一面镜子，静静地映照着周围的一切。

美少年看到这片湖，惊喜万分，他俯身掬了一捧水来喝，舒畅地感叹了一声，接着又想再掬一捧。这时，他看到湖中有一个绝美的人。

天哪，那人太美了！他被深深地震撼了。复仇女神

---

①复仇女神涅墨西斯：从古至今，这个神话故事流传下来多个版本。其中，最经典的版本出自奥维德所著《变形记》（完成于公元8年）的第三章。在谈到厄科仙女和那喀索斯的故事时，奥维德提到，作为复仇女神之一的涅墨西斯是爱神阿佛洛狄忒的另一面，她对那喀索斯进行了惩罚。因此，在之后的许多版本里，有人说惩罚美少年的是复仇女神，也有人说是爱神。此处选用复仇女神的说法。

又让爱的火焰燃烧他。他兴奋地向湖中的人挥手，湖中的人也向他挥手。痴迷的那喀索斯忍不住俯身去亲吻自己的倒影，却只亲到了清凉的湖水。“嗯？怎么会这样？”那喀索斯急得伸手去握湖中人的手，但手才刚碰到湖面，湖中的人影却变成了涟漪。他着急万分，盯着湖面，一动也不敢动。

水面恢复平静后，湖中人又重新出现了。他生怕再吓跑了这胆小的湖中人，就呆呆地望着湖面，欣赏着湖中人的美丽，忘记了饥饿，也忘记了时间。从此以后，那喀索斯几乎每天都坐在湖边，痴痴地望着水中的人影。

有一天，他终于无法忍受了，痛苦地大喊：“啊，为什么要这么折磨我，你明明近在咫尺，我却无法触摸你。求求你，你能不能从这湖水里出来？”可那湖中人也着急地大喊，却没有发出声音。

时间一天天地流逝，那喀索斯脸上的光彩渐渐消失不见了，他的青春活力也慢慢地枯竭了。最后，他倒在湖边，永远地闭上了那双曾经像星星般明亮的眼睛。

森林里的仙女们知道美少年那喀索斯去世了，一个个伤心欲绝，懊恼不已。虽然她们都被那喀索斯伤害过，但并不想看到这位美少年就这样永远地离开她们。其实，那喀索斯并没有真的离去，他化作了一株美丽的水仙花。所以，在希腊，人们也常常把水仙花叫作那喀索斯。后来也有人用那喀索斯来形容非常自恋的人。

跟着名著去探秘

坏人都怕复仇女神吗

小朋友，读了《爱上自己的倒影》这个故事后，喵博士要带你跟着名著一起去探索一些秘密。今天要探索的秘密是：坏人都怕复仇女神吗？

在《爱上自己的倒影》这个故事里，讲到一位美少年拒绝了许多爱他的仙女，而且还冷漠、残忍地侮辱她们。后来，他被复仇女神惩罚，爱上了自己在水中的倒影，最后忧郁地死去，变成了一株水仙花。

在希腊神话里，复仇女神可是很有威力的女神。我们前面的故事里，还没怎么介绍过复仇女神，现在，就一起来聊聊她吧。

根据古罗马诗人奥维德的解释，在希腊神话里，涅墨西斯是早期的复仇女神，同时她也是爱神阿佛洛狄忒的另一面（出自《变形记》），而后人认为的复仇女神一般是指厄里倪厄斯，共有三位，分别叫阿勒克图、墨纪拉和提希丰（出自《辞海》）。她们居住在冥界，也就是冥王哈得斯的地界。她们的任务就是追捕并惩罚犯下严重罪行的人。无论罪人在哪里，她们总会跟着他，用严厉的手段惩罚他。人们认为，只要世上有罪恶，复仇女神就会始终存在。

关于复仇女神惩罚坏人的故事有很多，有的还被画成了油画。小朋友可以翻到后面的“喵博士艺术小学堂”，看看那两幅表现了这一题材的很有名的画。

为什么以前的复仇故事那么多？因为当时的法律还不健全，所以很多人只能靠自己去报仇了。但是现在有法律来制裁那些坏人，如果我们遇到坏人，就应该报警，而不是自己去报仇哟。

说到复仇女神，她在电影里也是非常重要的角色呢。

不知道你有没有看过《美国队长》《钢铁侠》《复仇者联盟》这些电影呢？它们都是讲超级英雄拯救世界的。电影里，经常出现不同的宝石，有时间宝石，能在时间隧道任意穿梭；还有空间宝石，可以实现瞬间移动；另外还有力量宝石、现实宝石等。谁拥有宝石，谁就拥有超强的能力。那你知道，这些宝石都是怎么来的吗？在漫威的电影里，这些宝石竟然全都是从复仇女神身上分裂出来的。有人说，如果能集齐所有宝石，就能召唤复仇女神。

古希腊人对复仇女神非常敬畏，他们认为，如果直接说出复仇女神的名字，会给自己带来厄运，所以，他们经常称呼复仇女神为“慈悲心肠的女神”。

喵博士
艺术
小学堂

《正义女神和复仇女神追赶凶手》

作者：［法国］皮埃尔·保罗·普吕东（1758—1823），是一位浪漫主义画家，以寓言画和肖像画闻名，深受法兰西皇帝拿破仑的喜爱。

收藏地：法国巴黎卢浮宫。

图片来源：Wikimedia Commons
https://commons.wikimedia.org/wiki/File:Pierre-Paul_Prud%27hon_-_Justice_and_Divine_Vengeance_Pursuing_Crime.JPG

作品简介：在这幅油画里，一个叫凯恩的恶棍杀死了他的兄弟，并抢走兄弟的钱财。正在逃跑时，复仇女神和正义女神一起来找他了！复仇女神飞在前面，手持火把，把这个凶手指认给正义女神，正义女神手持利剑和天平，她们准备狠狠地惩罚这个凶手。我们可以从画面中看到，凯恩抱起钱财转身便跑，在月光的阴影中露出了慌张的神情，相比之下，两位女神神态自若，当然，这个凶手肯定是跑不掉了！整幅画面表现出了非常强烈的动态感，黑夜与月光的明暗对比也渲染了紧张的气氛。

《被复仇女神追逐的俄瑞斯忒斯》

作者：［法国］威廉·阿道夫·布格罗（1825—1905），学院派画家，在他的现实主义流派绘画中，他使用神话主题，对古典主题进行现代诠释，重点是女性人体。

图片来源：Wikimedia Commons
https://commons.wikimedia.org/wiki/File:William-Adolphe_Bouguereau_(1825-1905)_-_The_Remorse_of_Orestes_(1862).jpg

收藏地：美国弗吉尼亚州克莱斯勒艺术博物馆，该馆除藏有大量文艺复兴时期的艺术作品以外，还有诸多现代艺术品。小朋友有一天去这里参观时，别忘了去一趟玻璃工作室，在那里可以近距离地跟艺术大师们学习如何制作绚丽的玻璃艺术品呢。

作品简介：这幅油画讲的是青年人俄瑞斯忒斯为父亲报仇的故事。油画中，三位复仇女神面目狰狞，手持火炬，从后面围着俄瑞斯忒斯。俄瑞斯忒斯捂着自己的耳朵，拼命地向前跑。他左边的那个女人，就是被他杀害的。

不过，后来智慧女神雅典娜出来主持公道，召集法官对俄瑞斯忒斯的行为进行审判。最后，判决认为，俄瑞斯忒斯是为死去的父亲报仇，被俄瑞斯忒斯杀掉的那个人有着更大的罪恶，所以他们把俄瑞斯忒斯无罪释放了。

复仇三女神头上长着蛇发，眼中流出血泪，双肩生有翅膀，手执火把和蝮蛇鞭。如果人间出现杀人凶手她们便会去追逐，使凶手的良心受到煎熬，发疯发狂。在冥府，她们也负责对罪孽深重的亡灵执行惩罚，她们是希腊人最惧怕的女神。这也是在告诫人们，杀人的事是绝对不能做的。

能听懂动物语言的预言家

希腊有一位预言家叫墨兰普斯，在整个希腊都非常有名，他去世以后，人们还经常怀念他。关于这位预言家，流传着一些很有趣的传说。

墨兰普斯从小和弟弟比亚斯一起长大，他们长得很像，但性情却大不相同。弟弟比亚斯脾气暴躁，不爱动脑子。但哥哥墨兰普斯不同，他理智客观、聪明睿智，从小到大都保护和指引着弟弟比亚斯。

墨兰普斯最喜欢在森林和田野里待着，观察大自然，和那些虫儿、鸟儿为伴。这天，他在森林里看到一条死去的大蛇，它身边还游着两条可怜的小蛇。墨兰普斯心疼地捡起小蛇，自言自语道：“两个小可怜，跟我回家吧。”他把两条小蛇带回家，并悉心照料它们，把它们养大。

一天晚上，墨兰普斯睡觉的时候，感觉脖子上凉凉的。他迷迷糊糊地醒来，竟然发现蛇在舔他的眼睛和耳朵。墨兰普斯吓得差点尖叫起来。就在这时候，他突然听见蛇在说话：“谢谢你救了我们，现在我们已经长大了，要回到森林里去了。我们会报答你的。再见！”说完，两条蛇哧溜哧溜地从窗户爬了出去。墨兰普斯不敢相信自己听到的，以为是在做梦，就继续睡觉。

天亮了，墨兰普斯醒过来想去看看蛇。嗯？那两条蛇真的不见了。这时候，窗外的鸟儿叽叽喳喳地叫唤着。墨兰普斯吃惊地发现，自己竟然能听懂鸟儿们在说些什么。不只是鸟儿，当他经过牛儿、马儿和其他动物的身边时，也听懂了它们说的话。墨兰普斯这才恍然大悟：“原来昨天晚上不是做梦啊！”

因为能听懂动物语言，墨兰普斯知道了很多别人不知道的秘密，所以替人们解决了不少问题，甚至还能给人治病。大家如果有困难，都喜欢来找他。

有一天，他的弟弟比亚斯也遇到了一件麻烦事，来找哥哥墨兰普斯帮忙。原来，比亚斯到皮洛斯国做客时，喜欢上了国王的女儿帕洛，而帕洛也喜欢他。可皮洛斯国国王并不愿意让他们俩在一起，故意为难他说："如果你能献上菲拉科斯国王的牛，你就能娶我女儿。"

菲拉科斯是米西尼亚国的国王，这个国家以出产品种优良的牛而闻名世界，国王菲拉科斯的红牛更是精品中的精品，他还专门养了一只无比凶残的狗看守牧场，任何人都别想偷走他的牛。比亚斯垂头丧气地说："哥哥，你说我该怎么办啊？唉！"

墨兰普斯看弟弟真的喜欢帕洛公主，就拍拍他的肩膀，安慰他说："不要担心，我会为你带来菲拉科斯国王的牛，不过要一年后。"

接着，墨兰普斯就开始实施他的计划。他来到菲拉科斯国王的地盘，故意大摇大摆地来到草场偷牛，还没走两步就被当作偷牛贼给抓了起来。这正是他想要的。这期间，他一直仔细听周围动物们的聊天，知道了好多关于这个国家的事。

一天夜里，房梁上的小虫子们说：“快点快点，我们赶紧离开这儿吧，这屋子今晚就要塌了。”老鼠、蚂蚁和各种小虫子都争先恐后地往外跑。墨兰普斯连忙叫来守卫说：“大人，大人，这屋子马上就要塌了，能不能先让我出去待会儿？”一个守卫哈哈大笑说：“这人被关傻了吧！”另一个守卫说：“我看他精明着呢，还不是想逃跑。他以为我们是傻子吗？”墨兰普斯恳求道：“我说的都是真的，这屋子是真要塌了。求求你们把我关在外面吧，我的手脚都被绑得紧紧的，怎么能逃得了呢？”

守卫中有个淳朴善良的老实人，看他可怜，就同意把墨兰普斯放出来待一晚上。他们刚出去没多久，只听“轰”的一声巨响，那间屋子竟然真的倒塌了，屋外的几个守卫目瞪口呆，惊讶得下巴都快掉到地上了。

一个守卫连忙跑去向国王禀报："国王！国王！我们抓来的那个人，他，他是个大预言家呢！""哦？"国王一脸怀疑地说，"那就把他带上来试一试吧！"

墨兰普斯被带到了国王面前。他诚恳地说明了自己为什么要偷牛，希望国王能送给他几头牛，还告诉国王，自己能预言未来，并且医术高超。

国王对他前面的话都无动于衷，但听到医术高超四个字就激动了起来，他连忙问："真的吗？你能不能救救我的儿子？他前几年还活蹦乱跳的，可突然就病倒了，怎么也查不出原因。吃了无数的药都不见好，现在他已经奄奄一息，怕是活不了几天了。"说着，国王竟然哭了起来。

墨兰普斯很同情国王的遭遇。他闭上眼睛沉思了一会儿，回答国王说："您儿子的病我一定会治好的，不过，要先宰两头牛。"

墨兰普斯担任祭司，举行了隆重的宰杀公牛祭拜天神的仪式，并把牛肉剁成碎块撒在田野里，然后让大家都离开，自己则一个人躲在一旁的小树林里观察。

过了一会儿，一群鸟嗅到了肉的味道，陆陆续续地飞来了，贪婪地大吃特吃。饱餐一顿后，为了感谢墨兰普斯给他们准备的美食，一只鸟说：“为了王子那病，国王可没少宰杀牛羊祭拜天神啊。哈哈，这可倒是便宜了我们。不过，除非他们能找

到那把刀，服用那上面的铁锈，不然，他们就算再怎么祭拜天神，王子的病也不会好的。”

墨兰普斯走上前去，好奇地问：“这到底是怎么回事啊？为什么王子会生病呢？”这只鸟说：“我也是听其他鸟说的，这王子生性胆小，前几年有一次不小心看见国王宰杀山羊，被吓坏了。他后来悄悄拿走杀羊的那把刀，跑进树林，把刀插进一棵最古老的橡树里藏了起来。橡树觉得自己被冒犯了，就诅咒了王子，所以王子才一直生病。不说了不说了，我吃饱了，先走了。”鸟儿们陆陆续续扑棱着翅膀飞走了，墨兰普斯终于了解了事情的来龙去脉。

他让国王领着王子，一行人来到了树林里。他对王子说：“是您把刀藏起来了吗？您能说说看，刀被藏在哪里吗？”说起刀，王子就浑身颤抖，他哆嗦着指了指老橡树树干上的一个位置。墨兰普斯用小斧头劈开一看，果然，树皮下有一把生锈的刀。墨兰普斯拿出刀来，冲了一杯带着铁锈的水，让王子服下。果然没过多久，王子就痊愈了，重新变得生龙活虎。

国王欣喜万分！他为了答谢墨兰普斯，二话不说，给了墨兰普斯最好的牛群。墨兰普斯回国后把牛群交给了弟弟比亚斯，这时正好是他向弟弟许下承诺的一年后。当比亚斯把牛群交给皮洛斯国国王时，皮洛斯国国王哑口无言，只好把女儿嫁给了比亚斯。

写故事的魔法棒

谁的下巴要掉下来了

小朋友，读了《能听懂动物语言的预言家》这个故事，你还记得墨兰普斯被当作偷牛贼给关起来的情节吗？有一天，他听动物们说房子快要塌了，就求守卫让他待在屋子外。故事里说：

> 他们刚出去没多久，只听“轰”的一声巨响，那间屋子竟然真的倒塌了，屋外的几个守卫目瞪口呆，惊讶得下巴都快掉到地上了。

读到这里，大家有没有觉得很奇怪啊？守卫的下巴怎么快要掉到地上了呢？其实，故事里是用了一个小魔法，这个小魔法就叫夸张！如果一个人特别惊讶，是不是会嘴巴张得大大的，然后下巴一直往下？这里，为了强调守卫们的惊讶，就夸张地说他们的下巴都快掉到了地上。一用上这个小魔法，读故事的时候，大家有没有觉得故事变得生动了许多？

说到这儿，喵博士给大家举个例子，在《八十天环游地球》里，有一段故事情节，我们可以这样来描述：

> 这时候福格先生回答说："好啊，那我用两万英镑跟你打赌！你们谁都可以一起来打这个赌！"这下，俱乐部里炸开了锅。

看到这里，就有小朋友要问了："福格先生和其他人打赌的时候，俱乐部的锅为什么炸开了？"哈哈，这里的"炸开了锅"，当然不是说俱乐部的锅爆炸了，而是用了“夸张”这个修辞小魔法，形容大家听到福格先生要花两万英镑打赌时，感到太惊讶了，又是嚷嚷又是尖叫，那吵闹的场景，简直就像是锅里炸开了什么似的。

现在我们来接着说这个故事：

其他人听到福格先生要拿两万英镑打赌，惊讶得眼珠子都快掉到地上了。

在这里，眼珠子当然也不是真的要掉到地上了，而是也用了夸张的手法。大家想一想，人特别吃惊的时候，眼睛是不是会睁得特别大？正常人就算眼睛睁得再大，眼珠子也不会掉下来，对吧？但如果用了夸张的手法，那就不一样了！故事里其实是夸张地说那些人眼睛睁得太大了，以至于眼珠子都要掉到地上。

为什么那些人眼睛睁得那么大？就是因为他们感到太吃惊了呀！所以，这里就是用这种夸张的手法，来形容人们实在是太吃惊了，根本不敢相信福格先生说的话。

小朋友，听了上面这几个夸张的说法，你能说出几个有意思的句子吗？例如，什么情况下，谁的下巴或是眼珠子快掉到地上了？什么情况下，哪里炸开了锅？

读者互动

当然，除了上面这几个说法，小朋友还能想到别的夸张的表达吗？喵博士好想知道呀！欢迎通过微信公众号“喵博士听听”给我们留言，我们会从中挑选出一些特别有意思的，分享给其他小朋友看哟！

桑树下的相约

古巴比伦是一个文明古国，很早以前就已经消失了，它的位置就在现在的伊拉克境内。我们现在要讲的故事，就发生在古巴比伦，是一个与桑树有关的凄美的传说。在传说中，桑葚一开始是白色的，因为故事的主人公，才变成了红色。你想不想知道是怎么回事呢？

传说，很久以前，村子里有两户相邻的人家因为小事结了很深的仇恨，两家人从此定下规矩：绝对不能和对方家里的人有任何往来，要世世代代延续下去。

这两户人家一家有个儿子叫皮拉姆斯，长得很英俊，另一家有个女儿叫提斯柏，温柔美丽。虽然从小父母就告诫他们，不要和邻居家的孩子玩，但他们俩经常会在放羊时相遇。如果遇到野兽，皮拉姆斯总会保护胆小的提斯柏，而提斯柏也会做些小手工感谢皮拉姆斯。时间久了，两人就悄悄地相爱了。

有一天，皮拉姆斯对提斯柏说："提斯柏，我们……我们向各自的父母坦白吧，我要告诉他们，我想和你结婚。"提斯柏却眼泪涟涟地说："可是，他们肯定不会同意我们的婚事的……"皮拉姆斯握住提斯柏的手，恳切地说："不试一试怎么知道呢？我们要躲躲藏藏到什么时候啊？如果他们知道我们的真心，会同意的。"提斯柏还是一脸忧愁，可是皮拉姆斯说的也对，难道他们要隐瞒一辈子吗？于是，他们各自回家，鼓足勇气告诉了父母他们相爱的事。

一听说自家的孩子竟然爱上了仇家的孩子，两个家族的人都被惊动了！双方家长大发雷霆，毫不留情地把两个孩子关了起来，还马上请了媒人给他们各自另找结婚对象。

皮拉姆斯和提斯柏见不到对方了，心里既担心又着急。提斯柏不肯吃饭，用绝食来反抗父母。可父母竟然狠心地说：“不吃就不吃，我们倒要看看你能坚持到什么时候！皮拉姆斯家是我们的仇人，你竟然要嫁给他！难道你要和我们整个家族为敌吗？我们永远都不会同意的！”提斯柏绝望地日夜以泪洗面，身体也一天天变得虚弱无比。有一天夜里，她仿佛听到了皮拉姆斯在轻声呼唤她：“嘿！你在吗？”

提斯柏苦涩地笑了笑，说：“唉，一定是我听错了，他怎么可能在这儿呢。”

可不一会儿，她又听到了那熟悉的声音：“嘿，你在吗？我是皮拉姆斯。”提斯柏惊喜地爬起来，到处寻找声音的来源。

原来，两屋相邻的那面墙上，有一条不起眼的裂缝！她试着压低声音回答：“是我，我是提斯柏。”墙的那边马上传来了皮拉姆斯惊喜地回应：“提斯柏！真的是你啊！我刚发现这里有一条裂缝！感谢神保佑我们。”

两人隔着墙壁，激动地倾诉着自己的思念之情。

从此以后，这种特别的相处方式，让两个苦命的恋人得到了一些安慰。可就连这样的日子也没能持续多久。双方父母都在紧锣密鼓地给他们挑选结婚对象，很快，他们各自的婚事就被家长们定了下来。皮拉姆斯接受不了这样的结果，有一天，他隔着墙壁对提斯柏说：“我们今晚见面吧，商量一下该怎么办！在村外的田野边有一株桑树，我们就在那儿见吧！”提斯柏同意了。

夜幕降临了，提斯柏等父母睡着后，就蹑手蹑脚地走出家门，来到桑树下等皮拉姆斯。这时候，皮拉姆斯还在为这次相会精心地做着准备。

提斯柏在树下焦急地等待着，月光照亮了大地。她突然远远地看到一头母狮子走了过来，嘴角还滴着血。看起来，那头狮子是刚吃完猎物，要来桑树旁喝泉水解渴。提斯柏吓得赶紧跑开，慌乱间，连面纱落在了地上都没发现。狮子走到面纱前停了下来，抓起面纱嗅了嗅，接着又张开血盆大口撕咬起面纱来，嘴角的鲜血把面纱

弄得血迹斑斑。不一会儿，狮子扔下面纱，走到桑树旁喝了泉水，又慢悠悠地晃回了树林。

狮子走后没多久，皮拉姆斯也来到了桑树下。他一眼就看到了地上的面纱，天哪，那不是自己的心上人提斯柏的面纱吗？为什么面纱被撕碎了，上面还有血？接着，他在地上又看到了清晰的狮子脚印。皮拉姆斯捡起地上的面纱，惊恐地跌坐在地上。他脑子里闪过一个可怕的念

头：提斯柏一定是被凶狠的狮子吃掉了！皮拉姆斯伤心欲绝，捧着面纱撕心裂肺地哭喊道：“是我害了你！我为什么……为什么不早点来？那样，你就不会丢了性命。”他一边哭，一边捶打自己的胸口，“亲爱的，失去你，我活着还有什么意义！”说完，他就举起剑，在桑树下结束了自己的生命。

而躲在远处的提斯柏焦躁不安地等了一会儿，突然想到：要是皮拉姆斯赶来后也遇到狮子该怎么办？想到这儿，她连忙往回跑。远远地，提斯柏看到桑树下躺着一个人，地上还流淌着鲜血！她吓得浑身发抖，走近一看，竟然是皮拉姆斯！他身上插着他自己的剑，怀里抱着被撕碎的面纱。提斯柏瞬间就明白了：一定是皮拉姆斯以为自己被狮子咬死了，所以悲痛地自杀了。她把皮拉姆斯抱在怀里，亲吻他冰冷的嘴唇，哭泣着说：“是我呀，我是提斯柏，我没有死啊。你为什么这么傻？”可是，皮拉姆斯却再也无法回答她了。

提斯柏哭了许久，渐渐平静了下来。她跪在桑树前，祈祷着："天神啊，你们是我们相爱的见证人！但愿我死后，我们的父母能把我们埋葬在一起。"说完，她拔出皮拉姆斯身上的剑，将剑毫不犹豫地刺向自己。她的鲜血和皮拉姆斯的鲜血一起染红了桑树的树根。

他们的爱感动了诸神，两家的仇恨也因此而化解，父母伤心地把他们埋葬在一起。从此以后，桑树结出来的果实——桑葚，也变成了紫红色。

跟着名著去探秘

罗密欧与朱丽叶的故事，来源于希腊神话吗

小朋友，读了《桑树下的相约》，喵博士要带大家跟着名著一起去探索一些秘密。这次要探索的秘密是：罗密欧与朱丽叶的故事，来源于希腊神话吗？

《桑树下的相约》讲了一个凄美的爱情故事，两个相爱的年轻人因为两个家族间的仇恨而不能在一起。最终，他们双双在桑树下离开了人世。相传，他们的鲜血染红了桑树的根茎，这也是为什么桑葚变成了紫红色。

在后来的几千年里，这个发生在桑树下的爱情故事打动了无数人。世界上很多著名的大作家，根据这

个故事重新创作了小说或是戏剧。其中最有名的，要数英国的莎士比亚写的戏剧《罗密欧与朱丽叶》。你如果没听过这个故事，可以去问问你的爸爸妈妈，我猜他们都听说过。但你还可以再考考他们，看他们知不知道这个故事其实是来源于希腊神话里皮拉姆斯和提斯柏之间的故事。我猜，他们很有可能会被你考倒哟！小朋友，你如果坚持读喵博士的故事，以后说不定会比自己的爸爸妈妈还更有学问呢。他们不是经常考你各种问题吗？以后你也可以经常去考考他们，看看谁更有学问！《罗密欧与朱丽叶》这个故事原来是演员在舞台上现场表演的，后来还被拍成了电影，电影还获得过很多大奖。

刚才我们说，莎士比亚创作的《罗密欧与朱丽叶》是一部戏剧。戏剧是什么呢？大家都看过电影吧？电影就是把演员们表演的故事拍下来，然后放到电影院的大荧幕来播放。但是电影是100多年前才发明出来的。在这之前，如果想看别人表演的故事，那该怎么办呢？

那就只能是演员在台上演，观众们坐在观众席上看。这样面对面地将故事内容演出来，就是戏剧。

要说欧洲戏剧的源头，那还得从古希腊的酒神赞歌讲起。大家还记得我们前面看过的《海豚救人》的故事吗？就是讲吟游诗人阿利翁的，说他在船上遇到海盗，被迫跳进海里，最后被海豚救了起来。在那个故事的开头，我们讲到，阿利翁曾经给酒神创作过酒神赞歌。阿利翁是神话里的人物，但在2400多年前，真有一位诗人创作了酒神赞歌。那时候，人们在祭拜酒神时，会举行盛大的庆典，大家载歌载舞，举杯欢庆。这位诗人组了一支歌队，在庆典上唱起这首酒神赞歌。就这样过了些时候，有人开始觉得，光是唱歌还不能把赞歌里的故事表现得很生动。于是，他就自己琢磨了起来。有一回，又到了祭拜酒神的盛大节日，他请歌队跟自己配合，歌队来唱，他来表演，互相呼应。这么一来，场下的观众们都欢呼不已，因为这样的表演实在是太精彩了。这种表演形式，后来慢慢就发展成了戏剧。

前面我们说到，莎士比亚创作了戏剧《罗密欧与朱丽叶》。那么莎士比亚是谁呢？他可是世界上鼎鼎有名的大作家、戏剧家。他是英国人，出生在400多年前。到现在为止，人们还是把他当作全世界最伟大的作家之一。他说过很多很有名的话，这些话经常被人们写到自己的故事里。例如“黑夜无论怎样悠长，白昼总会到来。”这句话表面上是说，不管黑夜有多长，白天都会到来，但它其实还包含了更深的含义，它告诉人们，无论面对多大的困难，都不要害怕，要抱有希望，因为美好的未来总会到来的。

《蒙泰古与凯普莱特家族的和解》

作者：［英国］弗雷德里克·莱顿（1830—1896），画家和雕塑家。他的作品主要围绕历史、圣经和古典主题展开。

收藏地：私人收藏。

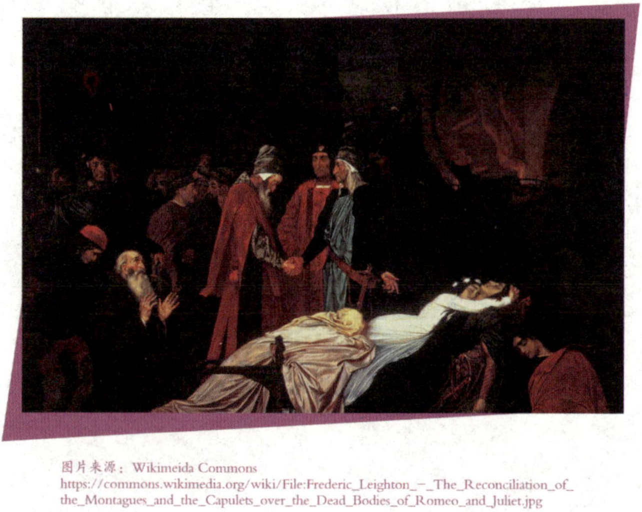

图片来源：Wikimeida Commons
https://commons.wikimedia.org/wiki/File:Frederic_Leighton_-_The_Reconciliation_of_the_Montagues_and_the_Capulets_over_the_Dead_Bodies_of_Romeo_and_Juliet.jpg

作品简介：《罗密欧与朱丽叶》是莎士比亚四大悲剧作品之一，由于两大家族仇深似海，导致罗密欧与朱丽叶最终相继自杀。

朱丽叶倒在罗密欧身上死去之后，两家的父母都来了，神父向他们讲述了罗密欧和朱丽叶的故事。失去儿女之后，两家的父母才意识到二人的感情如此真挚，可是已经晚了。从此，两大家族消除了过往的积怨，并在城中为罗密欧和朱丽叶各铸了一座金像。

这幅作品表现了两大家族和解的场面，画面最中央的即是两大家族的主人握手言和，他们表情哀痛，无语凝噎，而躺在他们身旁的年轻恋人，再也不会醒来了。整幅作品使用明暗对比来烘托气氛，色彩柔和而鲜明，突出了和解的过程。

美杜莎之眼
（上）

珀耳修斯是宙斯在凡间的一个儿子。说起这个儿子的出生，还真是离奇。

珀耳修斯的妈妈叫达那厄，是一位凡人公主。公主的父亲，也就是这个国家的国王，曾经接到一道神谕，说达那厄公主以后生下的儿子，会取代自己成为国王。国王非常害怕，便把达那厄公主关进了塔楼，不让她与任何男子接近,更不让她结婚生子。但他再怎么小心提防，也没料想到，众神之王宙斯竟然喜欢上了自己的女儿。

宙斯经常化作一阵阵黄金雨水，落在公主身上，陪伴着公主。就这样，公主竟然怀孕生下了儿子，也就是珀耳修斯。老国王知道这件事以后，又震惊又害怕。孩子都生下来了，难道把他们母子俩杀了吗？

国王最终还是不忍心下手，但他始终因为那道神谕而惶恐不安，最后，他只好下令把公主和她的儿子装在箱子里，抛到海面上，让他们自生自灭。

可怜的达那厄公主和儿子漂到了赛里福斯岛，被岛上的国王收留了，并在那里生活下来。岛上的国王很喜欢达那厄，希望能娶她为妻。但达那厄公主却借口要抚养珀耳修斯而拒绝了国王。国王嫉恨他们母子，总想着要为难他们，特别是珀耳修斯。

不知不觉中，珀耳修斯慢慢长大了，长成了一个帅气、勇敢的小伙子。有一次，国王在自己的生日宴会上故意羞辱珀耳修斯，用激将法让他去完成不可能的任务。“珀耳修斯，你不是说自己勇敢，想当英雄吗？那你就替我去砍下妖女美杜莎的脑袋吧，当作送给我的生日礼物，怎么样？不过，哈哈，我谅你也不敢去，这种英雄壮举，哪是你这种小毛孩能做得到的？”年轻气盛的珀耳修斯被国王这么一激，满腔热血立刻沸腾了起来，他激动地说："谁说我不敢去，不就是妖女美杜莎嘛，我一定会亲手砍了她的脑袋带回来的！"

听珀耳修斯这么说，所有人都大惊失色。大家都觉得，这几乎是不可能完成的任务。妖女美杜莎和她的两个姐姐被人们合称为戈耳工三姐妹，是头上长着毒蛇的妖女。她们到底有多可怕呢？看她们的名字就知道了。她们三姐妹合称为戈耳工，这个名字在英文里是"Gorgon"。就因为她们三姐妹，所以"Gorgon"这个词多了一层意思，就是"可怕的女人"！大家想想，这得有多可怕啊，才会用她们的名字来代表可怕的女人。而且，她们三姐妹会一种恐怖的妖术，那就是：任何人只要看到她们的眼睛，就会马上变成石头！

戈耳工三姐妹经常在凡间作恶，所以很多英雄好汉都想除掉她们。但两位姐姐拥有不死之身，她们无论被砍多少次都不会死，只有妹妹美杜莎是凡人肉身。所以三姐妹中，只有除掉美杜莎是有可能的。但多少英雄好汉，刚想要接近美杜莎的时候，就会被这敏锐的妖女发现，她的眼神瞬间就能让他们变成坚硬的石头。这可真是叫作“用眼神杀死你”！

智慧女神雅典娜看珀耳修斯这么勇敢，竟然敢去挑战美杜莎的妖术，就悄悄地给了他指引，告诉他可以找山林仙女帮忙。但怎么才能找到山林仙女呢？那得先找另外三名奇怪的女妖——格赖埃三姐妹，只有她们知道山林仙女的下落。

珀耳修斯按照雅典娜的指示找到了妖女格赖埃三姐妹。这三姐妹有多奇怪呢？她们一生下来就满头白发，三个人合起来只有一只眼睛、一颗牙齿，所以她们只能轮流使用眼睛和牙齿。珀耳修斯诚恳地请求她们告诉自己山林仙女在哪里。但三姐妹把头一偏，不搭理他，高傲极了。看来好言相劝是不能打动这三姐妹了，珀耳修斯趁她们不注意，一把把她们的眼睛和牙齿抢了过来，这下，三姐妹都看不见了，这才慌了，连哄带骗地讨好珀耳修斯：“大英雄，不就是告诉你地址吗？这个简单，你先把我们的眼睛和牙齿还回来。”珀耳修斯严肃地说：“不行，你们先告诉我地址，我再把东西还给你们。”三姐妹看珀耳修斯不好骗，只好说出了山林仙女的下落，珀耳修斯这才把三姐妹的眼睛和牙齿还了回去。

接着，他按三姐妹给的地址，找到了雅典娜说的那位山林仙女。山林仙女说：“我有三个宝贝可以借给你——一双飞鞋、一只神袋和一顶狗皮头盔。飞鞋可以让你自由地飞翔，神袋可以装美杜莎的脑袋，而狗皮头盔则可以让你隐身。祝你成功！”珀耳修斯欣喜地谢过山林仙女，就去找妖女美杜莎了。

他摸索着来到了可怕的戈耳工三姐妹所在的地方。幸好，珀耳修斯找到她们的时候，三姐妹正巧在睡觉。怎么才能取下美杜莎的脑袋呢？要是贸然走过去，万一这三姐妹正好醒来，那么自己难免会看到她们的眼睛，这样太冒险了。不过，聪明的珀耳修斯很快想到了一个好办法，他举起了自己闪亮的青铜盾牌。这盾牌还是赫耳墨斯送给他的呢。盾牌闪闪发光，像镜子一样，可以照见人影。于是，珀耳修斯背对着三姐妹，透过盾牌观察三姐妹，这样既可以知道她们的具体位置，又不会看到她们的眼睛。他认出了三姐妹中谁是美杜莎，便屏住呼吸，一边后退，一边靠近美杜莎。没多久，他就顺利

取下了美杜莎的脑袋，并将其迅速装进了袋子里。

这时候，美杜莎的两个姐姐还没醒，珀耳修斯正蹑手蹑脚地打算离开，谁曾想，美杜莎的脖子上突然飞出了两个身影，一个是飞马，一个是巨人，他们都是美杜莎的孩子。这下可麻烦了，这两个人的动静吵醒了美杜莎的姐姐们。美杜莎的两个姐姐看到眼前发生的一切，愤怒地大叫着来追赶珀耳修斯。

珀耳修斯能顺利地逃脱吗?

跟着名著去探秘

有多少英语单词的背后藏着希腊神话故事

小朋友，读了《美杜莎之眼（上）》，喵博士要带你跟着名著一起去探索一些秘密。这次要探索的秘密是：有多少英语单词的背后藏着希腊神话故事？

这个故事里讲到了妖女美杜莎，她和两个姐姐合起来有个共同的名字，叫戈耳工，英文是“Gorgon”。“Gorgon”这个单词可不只是人名，它还有一层意思是：可怕的女人。这个词的背后，其实就藏着戈耳工三姐妹的故事。

大家已经读了很多希腊神话故事了，那你们还记不记得有多少英语单词，背后藏着希腊神话故事？先说说我们之前讲过的泰坦尼克号吧，这艘轮船的名字来源于希腊神话里面的泰坦神，那大家猜猜英语“Titan”这个单词是什么意思？这个单词是“巨人”的意思，它就来源于泰坦神。而“titanic”则是“巨大”的意思。

我们再来回忆一下，英文“March”（三月）和“June”（六月）的故事。“March”（三月）是战神马尔斯的名字，“June”（六月）是天后朱诺的名字。当然，这两个名字，都是希腊神话改成罗马神话以后，战神和天后的新名字。

有几个单词和缪斯女神有关，你们还记得吗？缪斯女神的名字叫“Muse”，缪斯的名字后来演变成了“music”，也就是“音乐”的意思，还有“museum”——博物馆。

上面这些英语单词，你都已经很熟悉了吧？那么接下来，我们再讲几个新的有意思的词。

大家还记得，有个故事是讲一个自恋少年的故事，他爱上自己的倒影，并且变成了水仙花。那个故事里，有位仙女叫厄科，她被天神施了法术，所以不能主动说话，只能应声，就好像山谷里的回声一样。你们有没有试过，如果在山谷里大喊：“妈妈，我爱你！”那么山谷里也许就会响起悠长的回声：“妈妈，我爱你！”当然，如果你喊别的，也一样会有回声的。那你们知不知道，“回声”这个词的英文是什么？“echo”，e-c-h-o。这个单词读起来，你有没有觉得有点耳熟呢？当然耳熟啦！因为这个词就来源于厄科仙女的名字。

还有一个词，来源于牧神潘。牧神潘是谁？在《国王的金手指和驴耳朵》那个故事里，阿波罗和牧神潘有一场音乐比赛。国王弥达斯因为羞辱阿波罗的音乐，受到阿波罗的惩罚，长出了驴耳朵。这里的牧神潘啊，英文名字叫“Pan”。据说，牧神潘有个称号叫恐慌之神，他吼叫起来声音惊人，经常引起人们的恐慌。所以，潘的名字衍生出了一个英语单词，叫“panic”，就是“恐慌、惊慌”的意思。

小朋友，你有没有发现，英语单词并不是一个个字母简单拼起来的，原来它们的背后藏着那么多有趣的故事！这么说起来，希腊神话对英语的影响可真大呀！其实，希腊神话对整个世界的影响都很大。

《那喀索斯》

图片来源：Wikimedia Commons
https://commons.wikimedia.org/wiki/File:Michelangelo_Caravaggio_065.jpg

作者：［意大利］卡拉瓦乔（1571—1610），著名巴洛克画家，善于捕捉光和暗影以及它们之间的变化反差，创造出光影、明暗层层对比的崭新的绘画技巧。

收藏地：意大利罗马国立古代艺术美术馆。

作品简介：魔镜啊魔镜，世界上最美的男子是谁？答案一定是那喀索斯啦，他是希腊神话中最俊美的男子，画面展示的就是那喀索斯在水中发现了自己的倒影，对其爱慕不已、难以自拔的情景。众神出于同情，让他死后化为水仙花。那喀索斯英文为“narcissus”，也是“水仙花”的意思，另外我们有时会说某人太自恋了，心理学上“自恋”的英文“narcissism”也是出自这个故事。从艺术创作的角度上来说，西方绘画常用镜子来反射肉眼看不到的另一面，具有延伸空间的效果，而卡拉瓦乔则独辟蹊径，使用水面对人物进行反射，岸上人与水中影，美上加美，极大地丰富了画面内容。

美杜莎之眼
（下）

珀耳修斯接受了一个艰巨的任务，要取下作恶多端的妖女美杜莎的脑袋。要知道，谁只要看到美杜莎的眼睛，就会立刻变成石头。聪明勇敢的珀耳修斯想到了一个好办法，顺利地完成了任务。

正当他想要逃脱时，美杜莎的两个姐姐醒来了。她们愤怒地大叫着来追赶珀耳修斯。珀耳修斯赶紧穿上飞鞋，又戴上狗皮头盔隐身起来，这才躲过了一劫。

珀耳修斯继续飞行，来到埃塞俄比亚的海边。埃塞尔比亚是非洲的一个国家。

珀耳修斯看到海边的悬崖上，有一位美丽的姑娘被绑在那儿。如果不是风中飘拂着她的秀发，如果不是她的眼里滴着泪珠，珀耳修斯简直以为她是一尊雕像，因为这位姑娘实在是太美了，美得就像精心雕刻出来的一样。姑娘不停地哭泣。珀耳修斯看她楚楚可怜，就飞过去问：“姑娘，你是谁？为什么被绑在这里呢？”珀耳修斯此刻还戴着狗皮头盔，还是隐身的，别人看不到他。姑娘以为自己幻听了，周围都是汹涌的海浪，哪里有人啊？于是接着哭。

珀耳修斯突然意识到自己还在隐身，赶紧拿下头盔现了身。姑娘一开始看到珀耳修斯，吓了一跳，但看他高大威武，竟然能飞到自己面前，猜他一定很厉害，于是，就赶紧擦干眼泪说：“英雄，救救我吧。”珀耳修斯安慰她说：“别急，你先告诉我怎么了，我一定会救你的。”姑娘哽咽着说：“我……叫安德洛墨达，是埃塞俄比亚的公主。我的母亲曾经吹嘘我比海神的女儿还要漂亮，惹恼了海里的仙女们。五十位仙女一起请求海神发大水，淹了我们国家……还派出妖怪来吃人。海神说……只

有一个办法可以饶过我们……”珀耳修斯把话接过去说：“让我猜一猜，海神是不是说，只有交出你，才可以免除你们国家的灾祸？”安德洛墨达哭着说：“是的！所以百姓们都向父王请愿，说要把我献出来。”

珀耳修斯安慰她说：“别怕！不管是什么妖怪，我都会救你的。”

珀耳修斯刚要解开姑娘身上的绳子，海中忽然巨浪滔天，一个丑陋的妖怪从海里冒了出来。姑娘吓得大声尖叫起来，守在不远处的姑娘的父母，也就是国王、王后，不顾一切地冲上前来，抱住自己的女儿痛哭不已。珀耳修斯冷静地对国王、王后说：“现在不是哭的时候。我是宙斯的儿子，妖女美杜莎已经被我打败了，我会拼死救你们的女儿。你们能否答应我，如果我打败了妖怪，就把你们的女儿嫁给我。”

国王、王后一听到有人要救女儿，连忙说：“大英雄啊，求你救救我女儿吧，如果你真能救下她，我们不仅把女儿许配给你，还把王位送给你。”就在这时，怪物冲了过来。这怪物好像意识到有人要抢他的美人，一拳砸了过来，顿时，海面上涌起山一般高的海浪。珀耳修斯穿着飞鞋，腾空而起。妖怪看到珀耳修斯在海面上

的影子，就一直傻傻地追逐着影子跑。珀耳修斯在空中，举起之前杀死美杜莎的利剑，迅速往下刺去，正好刺中了怪物的后背。紧接着，他又拔剑刺伤了怪物的不同部位。搏斗了好久，怪物的力气终于用完了，“咚”的一声栽入了海里。

就这样，珀耳修斯救下了安德洛墨达。美丽的姑娘也爱上了这位英俊勇敢的年轻人。没多久，两人幸福地举行了婚礼。在大宴宾客的时候，一个叫菲纽斯的男人带着大批人马冲进了王宫，他愤怒地大嚷：“我不同意！我才是安德洛墨达的未婚夫，为什么要把我的未婚妻嫁给这个来历不明的男人？”国王严厉地说：“是，你是安德洛墨达的追求者，但我女儿快没命的时候，你却躲得远远的。是这位英雄救了我女儿，我当然要把女儿交给他。你不配和我女儿结婚！快走，快走！”菲纽斯不管这些，他大喊自己的手下：“都给我冲啊，把我的新娘抢过来！”

国王的侍卫们和珀耳修斯誓死保护新娘。但菲纽斯带来的人实在太多了，珀耳修斯也快抵挡不住了。他突然想到，自己背上的袋子里，还装着妖女美杜莎的脑袋。他对国王这一派的人说："是自己人的，就把脸转过去，不要看我，我有魔法可以制服他们。"大家虽然不知道怎么回事，但都相信珀耳修斯，纷纷扭过头去不看他。这时候，敌人盲目地冲了过来。珀耳修斯迅速从神袋里取出美杜莎的脑袋，高高地举了起来。敌人们一看到美杜莎的眼睛，立刻僵住，变成了石头。后面的人想看看是怎么回事，也在一瞬间变成了石头。菲纽斯这才意识到不对劲，连忙要逃，但珀耳修斯举着美杜莎飞到他面前，于是，菲纽斯也变成了一尊表情惊恐的石像。

叛乱终于平息了。珀耳修斯带着妻子回到了赛里福斯岛。但岛上的国王却将他的母亲囚禁了起来，并嘲笑他根本不可能带回美杜莎的脑袋，肯定是逃回来的。珀耳修斯气愤地把美杜莎的脑袋从神袋里取出来，说："不相信的话，就用你的双眼来看清楚吧！"国王睁大眼睛来看美杜莎，结果也在一瞬间变成了石像。百姓们想拥立珀耳修斯当国王，但他却拒绝了，带着母亲和妻子回到了故乡。

那么，他的外公，也就是曾经害怕女儿生下的儿子会取代自己登上王位的那位老国王，后来怎么样了呢？没想到，那道神谕，最后还是变成了现实。珀耳修斯的外公把女儿达那厄公主和外孙抛到海里后，还是不放心。他甚至不敢待在自己的国家，于是躲到了其他国家。有一次，不知情的珀耳修斯正好经过那个国家，参加了那里的一场运动会。力大无穷的他在扔铁饼的时候，不小心砸中了远处的一位老人，那位老人被砸中以后就不幸去世了，而他竟然正是珀耳修斯的外公。珀耳修斯悲痛欲绝。他后来做了很多事来赎罪，复仇女神才免除了他伤害亲人的罪责。

在以后的日子里，珀耳修斯和妻子生下了很多厉害的子孙。他和他的子孙们都被后人当作英雄来铭记着。

写故事的魔法棒

话为什么要反着说

小朋友，读了《美杜莎之眼（下）》，你有没有觉得这个故事里，有个地方的说法很奇怪？我们一起去看看吧。

当珀耳修斯飞到埃塞俄比亚的海边，遇到被绑在悬崖上的公主时，故事里是这么讲的：

> 如果不是风中飘拂着她的秀发，如果不是她的眼里滴着泪珠，珀耳修斯简直以为她是一尊雕像，因为这位姑娘实在是太美了，美得就像精心雕刻出来的一样。

在这里，风明明吹拂了公主的头发，为什么却偏要说“如果不是风中飘拂着她的秀发”呢？还有，公主的眼里明明挂着泪珠，为什么却偏偏要说成“如果不是她的眼里滴着泪珠”呢？

其实啊，这里藏着一个讲故事的小魔法，那就是：把话反着说。做一个反的假设，它就能够一下子把我们想说的东西强调出来！

我们读了刚才那段话，是不是心里就有一个想法：哎呀，这姑娘太美了，因为她精致得就像精心雕刻出来的一样。

在很多故事里，都会用到这个小魔法。再来举个例子：“他掉到水里，要不是运气好抓到一根木头，那他早就淹死了。”这里也做了个反的假设，我们看到这儿会有什么感觉？“哎呀，好险！他差点就淹死了！”是不是有一种很惊险的感觉？

你如果不用这个小魔法，试试看就知道了：“他掉到水里，运气好抓到了一块木头，所以没有淹死。”

这么讲故事的话，也太平淡了，一点都看不出紧张的气氛。

小朋友，你能想到这样反着说的句子吗？有小朋友来回答了，他说：“要不是弟弟赖床起晚了，我们就不会错过火车了。”这里，他好像是想强调弟弟赖床惹了麻烦，有点责怪弟弟的意思，是不是？如果换个说法：“因为弟弟赖床起晚了，所以我们错过了火车。”那是不是就听不出有什么情绪了？

不过，有的小朋友对我们提出了一个新的问题，一句话，是不是只有一种说法才是好的？有没有很多种不同的说法，都能起到不错的效果？

这个问题有点意思，那我们就来做一个小游戏。刚刚这句话，有没有小朋友能用不同的句子，也说出有点责怪、有点不爽的意思来呢？

有个小朋友说：“都怪弟弟赖床起晚了，我们才错过了火车。”这种说法不错，加了“都怪”“才”这两个带着情绪的词，就把不爽的情绪给表现出来了。

还有个小朋友说："要不是弟弟赖床起晚了，我们怎么可能会错过火车呢？"这也很到位，加了个反问句："我们怎么可能会错过火车呢？"这就对弟弟赖床这事儿造成的严重后果，说得又生气又无奈。反问句，一般也能很好地强调句子里面的意思。

读者互动

小朋友，你有没有想到别的更好的说法呢？如果你想到了其他反着说的句子，欢迎通过微信公众号"喵博士听听"给我们留言，我们会从中挑选出一些特别有意思的，分享给其他小朋友看哟！